종남마검 편 **만학검전**

FANTASTIC ORIENTAL HEROES

한성수 新무협 판타지 소설

# 만학검전(晚學劍展) 9

초판 1쇄 찍은 날 § 2018년  4월  6일
초판 1쇄 펴낸 날 § 2018년  4월 13일

지은이 § 한성수
펴낸이 § 서경석

총괄팀장 § 최하나
편집 § 김경민 이종식

펴낸곳 § 도서출판 청어람
등록번호 § 제387-1999-000006호
등록일자 § 1999. 5. 31
어람번호 § 제2-2745호

주소 § 경기도 부천시 부일로 483번길 40 서경B/D 3F (우) 14640
전화 § 032-656-4452  팩스 § 032-656-4453
http://www.chungeoram.com
E-mail § chungeorambook@daum.net

ISBN 979-11-04-91703-5 04810
ISBN 979-11-04-91455-3 (세트)

만학검전 종남마검 편

FANTASTIC ORIENTAL HEROES

한성수 新무협 판타지 소설

**9**

[완결]

도서출판

# 만학검전

### 종남마검 편

目次

第一章

그 밤, 그들은 새벽이 밝아올 때까지
함께했다!

밤.

전날의 혈전으로 인해서 천무각이 완전히 박살 나버렸기에 임시 가주가 된 북궁창성은 거처를 청풍각에 정하고 있었다.

이곳은 본래 북궁세가에서 그가 지낼 때의 거처였다.

그는 청풍각에서 기거하면서 북궁세가의 온갖 일거리를 떠맡아서 해결하는 중이었다. 거의 원수나 다름없게 분열된 본가와 방계 세력의 통합을 위해서 불철주야 일했다. 현재 그 외에는 달리 이런 일을 수행할 수 있는 사람이 없었기 때문이다.

당연히 힘든 일이다.

고된 일정의 연속이었다.

천무각에서의 일전(一戰) 이후 북궁창성은 과거와는 완전히 다른 존재가 되어버린 것이다.

그런 청풍각으로 이현이 찾아온 건 삼경이 훌쩍 넘어갈 무렵이었다.

"이 대협……."

산처럼 쌓여 있는 서류를 검토하고 있던 북궁창성이 반색을 하고 이현을 돌아봤다. 그리고 곧 크게 놀란 표정이 되었다. 자신의 거처인 청풍각 안으로 이현이 간단하게 숨어들었다는 걸 뒤늦게 깨달았기 때문이다.

'…역시 그런 것인가!'

북궁창성이 내심 탄성을 발한 후 놀란 표정을 얼굴에서 지웠다.

그러자 이현이 입가에 흐릿한 미소를 매단다.

"그동안 또 성장했구나! 무공뿐 아니라 인간적으로도 말이야……."

"그냥 억지로 떠맡은 것에 대해서 익숙해지려 노력하고 있을 뿐입니다."

"…그렇게 할 수 있다는 게 대단한 것이다. 뭐, 다 때려치우고 제멋대로 사는 방법도 있지만 말이야."

"하하, 그런 방법도 있었군요! 정말 그래볼까요?"

"마음에도 없는 소리!"

이현이 책망하듯 말하자 북궁창성이 얼른 입가에 깃들어 있던 미소를 지웠다. 이현 앞에서는 굳이 속내를 숨기고 있을 필요가 없다는 생각이 들었기 때문이다.

"이 대협, 말씀대로입니다. 저는… 저 같은 녀석은 절대 그런 짓을 할 수 없지요."

"그건 네가 좋은 놈이기 때문이다. 처음 봤을 때부터 알았지. 네가 성실하고 좋은 놈이라는 걸. 그래서 공부도 잘했던 거고, 무공 역시 잘하게 될 거란 걸 알 수 있었어. 타고난 재능이 뛰어난 녀석이 성실하고 올곧은 성품까지 지녔는데 문제란 게 생길 여지가 없는 게지. 하지만 그래서 조금 걱정이 되는 부분도 있다."

"……."

"오늘 내가 널 찾아온 건 바로 그 일말의 걱정이 기우였다는 걸 확인하기 위함이다."

피잉!

이현이 손가락을 가볍게 튕기자 북궁창성의 상반신이 움찔하고 미세한 진동을 일으켰다. 순간적으로 전신에 고루 깃들어 있던 강대한 내력이 호신강기를 만들어냈다. 그렇게 이현의 손가락을 통해 전해진 외부의 공격으로부터 북궁창성 자신을 보호하려 한 것이다.

그러나 그것도 잠시뿐.

파앗!

북궁창성은 곧 어리둥절한 표정으로 강렬하게 일어났던 호신강기를 거둬들였다.

지난 며칠간 태상가주 북궁휘로부터 받아들인 강대한 공력을 자신의 것으로 만드는 데 전력을 다한 터. 순간적으로 반응을 보인 대반야신강은 북궁창성의 소천신공 운용에 따라 자연스럽게 몸속으로 갈무리되었다.

그 모습을 묵묵히 지켜보며 이현이 말했다.

"방금 전 무슨 일이 벌어진 것인지 알겠느냐?"

"잘 모르겠습니다……."

"역시 성실하구나."

"……."

"하지만 조금쯤은 예측되는 바가 있을 테지?"

"예."

"말해 봐!"

이현의 재촉에 북궁창성이 잠시 고심하는 표정을 짓다가 말했다.

"혹시 그건 이 대협이 제 방에 은밀하게 들어오신 것과 같은 이치인 겁니까?"

"비슷하다."

"그럼 질문을 바꿔보겠습니다. 이 대협은 현재 내공을 사용하실 수 있는 겁니까?"

"그건 너도 이미 알고 있을 텐데?"

"저는 이 대협께 직접 듣고 싶습니다. 이 대협이 조부님과의 대결로 인해서 내공을 상실한 상태가 계속 유지되고 있는지에 대해서 말입니다!"

조금 강해진 북궁창성의 질문에 이현이 입가에 미소를 매단 채 고개를 끄덕여 보였다.

"네 예측대로다. 전날 천무각 앞에서 너와 대결할 때와 마찬가지로 내 내공은 회복되지 않았다. 거의 없는 상태라고 봐도 무방하겠군."

"으음……."

"하지만 네가 그것에 대해 걱정할 필요는 없다. 내 내공이 소멸된 건 북궁 선배와의 대결 때문만은 아니니까."

"…하지만!"

"그러니 네가 그것에 대해서 우려하거나 마음에 부담을 느낄 이유 역시 없다! 만약 그런 마음이 조금이라도 남아 있다면 이후 나는 창성이 너를 다시는 보지 않을 것이다!"

단호한 이현의 말에 북궁창성이 입을 다물었다.

이현의 성질머리!

숭인학관에서 오랫동안 동문수학했기에 누구보다 잘 안다고 할 수 있다. 그가 이렇게 선언한 이상 다시는 이 문제에 대해서 언급해선 안 될 터였다.

그러자 이현이 어깨를 살짝 으쓱해 보이고 다시 웃음 지었다.

"하하, 곧바로 침울해지는군. 그렇게 마음이 쓰이면 북궁세가 비전의 영약이라도 몇 개 내주던가."

"최대한 준비해 보겠습니다!"

"멍청하긴! 북궁세가에 소림사의 대환단 이상 가는 영약이 있냐?"

"그, 그건……."

"내 내공은 소림사의 대환단의 약력으로도 회복되지 않는다. 사실 그 외의 어떤 영단묘약도 소용없다고 할 수 있어. 그러니 괜한 헛수고 따윈 할 필요가 없다."

"…그건 혹시 이 대협의 무공이 이미 마음으로 육체를 뛰어넘는 심검(心劍)의 경지에 올랐기 때문입니까?"

"심검?"

"예, 심검! 그 외에는 내공을 거의 잃어버린 이 대협의 불가사의한 무공경지를 설명할 수 없다고 생각합니다."

"심검이라… 뭐, 그럴 수도 있겠군. 심검 역시 의념(意念)으로 행사하는 무학의 한 종류일 테니까."

"의념이라면……?"

"의형수형(意形馭形)의 경지는 알 테지?"

"마음으로 형태를 만들어 현실화시키는 무학 최고의 경지라고 들었습니다."

"그래, 그게 바로 의형수형에 대해서 무림에 알려져 있는 일반적인 설명이야. 그걸 검의 형태로 만들어서 적을 죽이면 바로 심살(心殺)이 되는 것이고."

"……."

"그 모든 것은 다 결국 마음의 힘. 즉, 의념을 통해서 이뤄지는데, 일반적으로 내공을 쌓아서 몸을 강화시키는 내가수련법과는 좀 차원이 다르다고 할 수 있다. 의념을 확실하게 사용하기 위해선 하단전에 축기하고, 중단전을 이룬 후 상단전을 완벽하게 개문해야만 하기 때문이지. 그런데 사실 엄밀히 말해서 이 단계 정도에서 의념을 활성화시키는 건 거대한 벽에 가로막히게 돼. 그게 뭔지 알겠어?"

"그건 혹시 하단전, 중단전, 상단전을 활성화시키는 수련법의 차이 때문이 아닙니까?"

"맞아. 그건 북궁 선배에게 배운 건가?"

"개정대법을 받기 전에 삼단전을 모두 개방시켜야 한다며 소천신공의 마지막 요결을 전수해 주셨습니다."

"그럼 설명이 좀 쉬워지겠군. 북궁 선배에게 개정대법으로 전해 받은 내공은 현재 어디에 머물러 있지?"

"제가 부족해서 하단전의 기해혈에 억지로 몰아넣은 게 3할가량이고, 나머진 기경팔맥에 흩어져 있습니다."

"중단전에는?"

"중단전과 상단전은 억지로 활로를 뚫어놓기만 했을 뿐, 아직 제대로 활용하진 못하고 있습니다."

"머리로는 그렇겠지."

"그게 무슨……?"

"네 머릿속에는 그렇게 정리되어 있겠지만 이미 육체적으론 북궁 선배의 내공이 아주 자연스럽게 삼단전 전체를 흘러다니고 있다는 뜻이야. 그렇지 않았다면 전날 내가 의념으로 가한 공격에서 결코 살아남지 못했을 테니까."

"설마 당시 절 죽이려고 하셨던 겁니까?"

"고의는 아니었어. 그때만 해도 아직 의념과 종남파 무공의 결합에 익숙하지 않아서 강약 조절이 힘들었거든. 뭐, 검전칠협노와의 대결 중에 어느 정도 파악은 할 수 있었지만 말이야. 그래서 지난 며칠간 나는 내공에 익숙해진 종남파 무공을 의념화시키는 데 공을 들였고, 이젠 어느 정도 수확을 거두게 되었다. 내가 내공을 잃어버리지 않았다면 결코 이룰 수 없던 다음 단계로 나아가게 되었다는 뜻이지."

"……."

"그러니 이젠 내가 북궁 선배와의 대결로 내공을 잃어버린 게 오히려 기연이란 걸 이해할 수 있겠지? 뭐, 이해할 수 없으면 외우도록 해. 예전에 창성이 네가 나한테 공부를 가르쳐 줄 때처럼 말이야!"

"하하하!"

북궁창성이 심각한 표정으로 이현의 말을 듣다가 자신도 모르게 크게 웃었다. 문득 숭인학관에서 이현, 악영인 등과 함께 지냈던 나날이 떠올랐다. 당시 공부에 관심이 없는 이현과 함께 대과를 준비하며 얼마나 많은 밤을 뜬눈으로 새우고, 악영인과 싸웠던가.

이현이 북궁창성의 그 같은 속내를 눈치챈 듯 손을 뻗어 그의 머리를 한 대 때렸다.

"웃어?"

"⋯⋯."

북궁창성이 얼른 웃음을 멈췄다.

"그렇지. 그렇게 엄숙하고 근엄한 표정을 지어야지. 지금부터 내가 창성이 네게 마지막으로 의념을 다루는 방법을 알려줄 테니까 말이야."

"제가 의념을 다룰 수 있겠습니까?"

"현재로선 불가능하지."

"⋯⋯."

"하지만 내가 단초를 제공하면 후일 네 재능으로 어떻게든 되지 않겠냐?"

"⋯⋯."

"뭐, 나는 그렇게 생각하니까 밖으로 나와라!"

이현이 다시 북궁창성의 머리를 때리려는 시늉을 해 보이고 청풍각을 빠져나갔다.

그러자 자신도 모르게 움찔한 기색을 보였던 북궁창성이 머쓱한 표정으로 그의 뒤를 따랐다. 이현의 평범한 동작에도 극도로 긴장해 버리는 자신의 태도가 한심하게 느껴졌기 때문이다.

그리고 그 밤!

이현과 북궁창성은 과거 숭인학관에서 목연 몰래 무공을 수련할 때처럼 나머지 시간을 보냈다.

두 사람 중 누구도 입을 열지 않고서 의념을 통한 북궁세가와 종남파 무공의 절차탁마(切磋琢磨)에 집중했다. 밤이 지나서 멀리 동쪽에서 해가 고개를 내밀기 직전까지 말이다.

\*　　　　　\*　　　　　\*

북궁창성과의 마지막 만남 직후, 이현은 북궁세가를 떠나 곧바로 고향 풍현으로 향했다. 사문인 종남파로 돌아가기 전에 이가장에 들리고자 함이었다.

내공을 잃으며 초인적인 체력 역시 상실한 이현에게 큰 도움이 된 건 연서인이었다.

그녀는 그동안 공조 관계를 확실히 구축한 혈갈 진화정을 통해 구한 마차를 몰아서 이현을 편안하게 풍현까지 데려갔다. 여전히 어자석에서 말을 모는 건 그녀의 역할이었음은 물론이다.

그렇게 십여 일이 흐르자 이현 일행은 풍현의 이가장에 도착할 수 있었다.

이가장.

이현이 이곳을 떠나 숭인학관으로 유학을 떠난 지도 어느새 1년이 넘어가고 있었다.

그동안 얼마나 많은 일들을 겪었던가.

'고모님과 약속했던 대로 대과 초시에는 올랐으니, 돌아올 면목은 선 셈인가?'

이현은 개운치 않은 기색을 지어 보였다.


대과 초시!


1차 초시와 2차 식년과 합격과는 달리 군주이자 금의위 진무사인 주목란의 힘을 빌렸다. 그녀가 영향력을 발휘하지 않았다면 떨어질 수도 있었다는 뜻이다.

그래서 그는 3차 시험인 대과 초시를 어떻게든 자신의 힘으로 합격하고 싶었다. 그래야 고모 이숙향과 부친 이정명과 했던 약속으로부터 떳떳해질 수 있다는 생각 때문이었다.

하지만 이현은 결국 대과 초시를 응시할 수 없었다.

북경에서 벌어진 반역 사건으로 대과 초시는 열리지 못했고, 고향인 섬서성까지 어둠의 기운이 몰려왔다. 화산파가 봉문했고, 북궁세가 역시 심각한 타격을 입었다. 과거 대막에서 조우한 적 있던 명왕종이 모시는 고대마교의 주인, 마신이란 존재에 의해서 말이다.

그러니 이제 북궁세가를 떠난 마신의 다음 목표는 어딜까?

이현은 며칠간의 고민 끝에 결론을 내렸다.

종남파!

중원 구대문파의 일좌이자 섬서성의 마지막 삼강 중 한 곳인 이현의 사문!

이곳이야말로 마신이 노릴 다음 목표일 가능성이 높았다. 북궁세가에서 운검진인의 도움을 받아 마신흉갑에 깃든 마신을 물리친 이현을 제거하기 위해서라도 그 마물은 반드시 가까운 시일 안에 종남파를 공격할 터였다.

'그런데 운검 선배 덕분에 현재의 나는 내공을 거의 사용하지 못하는 몸이 되었으니, 신병이기의 도움이라도 받을 수밖에 없구만. 에휴!'

북궁세가를 떠나기 전.

북궁창성에게 했던 호언장담과는 달리 이현은 살짝 기가 죽은 채 이가장으로 들어섰다. 뒤뜰에 묻어놨던 종남파의 보물 청명보검을 파내기 위해 이가장에 돌아왔으나 고모 이숙향을 만날 생각만으로도 어깨가 처지는 기분이었다. 그녀와의 약속을 지키지도 못한 채 다시 무림인으로 돌아가는 게 마뜩잖았기 때문이다.

그런데 이현이 연서인과 함께 막 이가장에 들어섰을 때였다.

"어… 라……?"

이현은 이가장의 정원 한편에서 화단을 가꾸고 있는 낯익은 절세미녀를 보고 입을 가볍게 벌렸다.

천룡검후 모용조경!

그녀를 이가장에서 만나게 될 줄이야!

전혀 예상치 못했던 재회에 이현이 당황한 표정을 지어 보이고 있을 때 모용조경이 그에게 천천히 시선을 던져왔다.

처음 봤을 때와 다름없달까?

맑고 투명한 한 쌍의 눈동자.

그 속에 담겨 있던 매혹적인 기운이 흡사 한 폭의 명화처럼 이현에게 날아들더니, 곧 만화가 만개한 듯한 매혹적인 향기를 뿜어낸다.

"당신은……."

'아참! 내 얼굴이 바뀌었지!'

이현이 뒤늦게 자신이 다시 과거의 마검협으로 돌아갔음을 깨닫고 뭐라 말하려 할 때였다.

"현이, 왔느냐!"

"고모님……."

"고모님?"

마침 이가장의 안채에서 걸어 나온 이숙향이 건넨 말에 모용조경이 고운 안색을 살짝 찡그렸다. 그리고 뭔가를 깨달은 듯 해 연히 놀란 표정이 되었다. 연서인을 마저 보고 이현의 정체를 뒤늦게 깨달은 것이다.

"이 공자님?"

이현이 어색한 표정으로 웃어 보였다.

"하하, 못 본 새에 좀 늙어버렸소."

"더 멋있어진 거예요!"

연서인이 얼른 목청을 높여 반박하자 이숙향이 묘한 표정을 지어 보였고, 모용조경은 안색을 다시 찡그려 보였다. 못 본 새에 변한 건 이현의 얼굴만은 아니란 생각이 들었기 때문이다.

*　　　*　　　*

'청명보검만 얼른 꺼낸 후 떠나려고 했는데…….'

이현은 자신의 앞에 놓인 소반에 차려진 몇 가지 간소한 요리를 바라보며 내심 인상을 써 보였다.

소반 위의 요리들.

사실 요리란 말이 무색할 정도다. 몇 가지 나물로 된 반찬과 한 그릇의 밥이 전부였으니까.

"…고기는?"

"유학 가서 반찬 투정이나 배워온 것이냐?"

"그런 건 아니지만 예전 밥상보다 지나치게 빈약해진 거 아닙니까?"

"네 유학비를 대느라 가세가 좀 기울었다."

"정말입니까?"

"농담이다. 이가장의 재정은 아직 나쁘지 않은 편이다. 불초한 조카 녀석을 장가 보낼 정도의 여유는 남아 있으니까 염려할 것 없다."

"자, 장가요?"

"그래, 장가! 대과 급제를 하라고 유학을 보냈더니, 하라는 공부는 하지 않고 여자를 만들었더구나?"

"여자? 누구요?"

따악!

이현이 고개를 돌리다가 이숙향에게 머리를 얻어맞았다. 피할 수 있었으나 굳이 피하진 않았다. 그녀에게 무공을 사용하고 싶진 않았기 때문이다.

"다 큰 조카 머리를 이렇게 때리기 있습니까?"

"다 큰 조카? 역시 장가를 가긴 갈 모양이구나! 그런데 어찌할 작정이더냐?"

"뭘요?"

"둘 중에 누구하고 혼인할 생각이냐구?"

"둘?"

"먼저 온 예쁜 아이하고, 나중에 온 덜 예쁜 아이 중에 누굴 마음에 두고 있냐고 묻고 있는 거다. 설마 두 명을 한꺼번에 맞이할 생각은 아닐 테지?"

"……."

이현이 입을 가볍게 벌렸다. 비로소 이숙향이 모용조경과 연서인을 자신의 혼인 상대로 생각하고 있음을 깨달았기 때문이다.

'하긴 모용 소저와는 혼인 얘기를 나눴던 적이 있긴 하니까…….'

서안에서 이현은 모용조경의 적극적인 구애에서 벗어나기 위해서 양측의 가문을 팔았다. 혼인이 인륜지대사임을 내세워서 정식으로 매파와 사주단지를 전해 받은 직후에 다시 논의하자는 취지의 얘기로 위기를 넘긴 것이다.

그러니 모용조경이 갑자기 북경을 떠나 이가장에 온 이유는 어렵지 않게 알 수 있었다. 그녀는 북경에서 부상이 어느 정도 회복되자마자 혼인을 위해 시댁이 될 이가장으로 달려왔음이 분명했다.

'…곤란하게 되었군.'

이현은 잠시 난감한 기색을 지어 보였다.

모용조경!

강동제일미녀라고 불릴 정도의 절색이고, 무공 역시 빼어난 절정급의 고수였다. 가문은 비록 현재는 영락했다곤 하나 과거 천하제일가라 불리던 고소 모용가였다. 어느 면을 보든지 간에 최고의 신붓감이라 하기에 부족함이 없었다.

그래서 이현은 부담스러웠다.

그녀의 적극적인 구애를 밀어낼 이유가 생각나지 않았기에.

이현의 침묵이 길어지자 이숙향의 눈매가 살짝 부드럽게 변했다.

"역시 그런 것이더냐?"

"예?"

"네 심중에 둘 외에 다른 아이가 있는 것인지 묻는 것이다."

"……"

"뭐, 나도 젊었을 때 그런 일을 몇 차례 경험한 적이 있느니라. 몇 명이나 되는 혼기가 찬 군자와 대장부들이 줄기차게 청혼을 해오는 걸 거절하느라 정말 고생이 많았지. 결국 가장 큰 고생은 오라버니의 강요에서 벗어나는 것이었지만 말이야."

"설마… 고모님, 따로 마음에 뒀던 사람이 있어서 혼인을 하지 않으셨던 겁니까?"

"나도 여자니라. 왜 마음이 간질거려지는 젊은 시절의 봄날. 마음을 둔 정인 한 명이 없었겠느냐? 18살이 되던 어느 봄날, 고아하고 맑은 옥처럼 생긴 청년 학사 한 명이 이가장에 유학을 왔었느니라."

'뭔가 얘기가 예기치 않게 길어질 것 같은데…….'

이현의 예상대로였다.

이숙향은 그 후로 꽤 오랫동안 자신의 첫사랑에 대해서 늘어놨고, 이현은 몇 차례 하품을 하다가 머리를 얻어맞았다. 그녀에게는 꽤나 중요한 일이었던 것이리라.

그렇게 길고 긴 첫사랑 얘기를 끝낸 이숙향이 엄한 표정을 지어 보였다.

"…그러니 네 녀석도 여인들을 대함에 있어선 항상 매사 행동거지를 분명히 해야 하느니라! 그렇지 못하면 오뉴월에 서리를 맞는 꼴이 될 수도 있으니까!"

"명심하겠습니다."

"그래서 오라버니는 만나러 가려느냐?"

"식사가 끝난 후 찾아뵙겠습니다."

"그래, 오라버니도 좋아하실 것이다. 네가 어서 장가들어서 품에 귀여운 손주라도 하나 안겨준다면 더 좋아하실 테지만……."

"노력해 보겠습니다."

"…그 말, 사실일 테지?"

"예, 조금만 기다려 주십시오."

"알겠다."

이숙향이 미미하게 고개를 끄덕여 보이고 이현의 밥그릇에 소채를 얹혀 줬다. 이현이 좋아하지 않아서 뒤로 미뤄놨던 당근 위주로 된 반찬이었다.

"끄웅!"

"꼭꼭 씹어 먹거라! 이 모든 것이 농부님들의 땀과 내 고생으로 만들어진 것이니 말이야!"

"예……."

이현이 당근이 든 소채를 잠시 바라보다 젓가락을 놀리기 시작했다.


＊      ＊      ＊


부친 이정명을 만나서 다시 끝 모를 아들 자랑과 고모 이숙향에 대한 걱정을 듣다 보니 어느새 날이 저물었다.

저 멀리 산 너머를 붉게 물들인 석양!

잠시 바람을 맞으며 정원을 서성이던 이현의 시선 속으로 모용조경이 들어왔다. 이현이 고모 이숙향과 식사하고 부친 이정명에게 인사를 올리는 동안 내내 기다리고 있었던 것이리라.

'역시 모용 소저에게 내 마음을 정확하게 밝히는 게 도리일 테지?'

고모 이숙향과 나눴던 대화를 떠올린 이현이 모용조경에게 다가가 말했다.

"많이 놀라셨을 것이오."

"예, 놀랐습니다. 북경에서 헤어진 후 정말 많이 변하셨군요."

"이게 내 본래 모습이오."

"설마 예전에는 역체환용술 같은 수법을 사용하셨던 건가요?"

"그런 재주는 없소. 다만… 우연찮게 겉모습이 어려졌을 뿐이오."

"역시 그랬군요……."

"역시?"

"…사실 이 공자님을 만난 후 줄곧 의심하고 있었어요. 절대 그 나이 대의 태도와 무공 실력이 아니었으니까요."

"……."

"하지만 설마 이 공자님이 천하에 이름 높은 마검협 선배일 줄은 상상도 못했어요. 이름이 같아서 오히려 믿기 힘들었던 것 일까요?"

"그럼 내가 어째서 모용 소저와 일부러 거리를 뒀는지도 아시겠구려?"

"무림에서의 위치 때문이셨던 건가요?"

"그것도 있지만 사실 나는 종남파의 제자로서 혼인에 대해서 단 한 번도 생각해 본 적이 없었소. 사실 모용 소저를 만나기 전까진 아예 관심조차 둔 적이 없었다고 해야 할 것이오. 평생, 검 한 자루에 의지한 채 천하를 거침없이 주유하다 어느 날엔가 한 방울 이슬처럼 죽고 싶었기 때문이오."

"……."

"하지만 모용 소저를 만난 후 나는 생각을 조금 달리하게 되었소. 한 명의 여인을 맞이해서 평범한 인생을 살아보는 것도 그리 나쁘진 않겠다고 말이오."

"그건……."

"미안하오!"

"…예?"

"그런 고민의 나날이 지난 후 나는 한 가지 확신을 갖게 되었
소. 아직 내가 이루고 싶었던 검의 길은 끝나지 않았고, 그 길의
중간에 다른 데 한눈을 팔 순 없다고 말이오. 그러니 모용 소저
와 했던 약속은 지금의 나로선 지킬 수가 없을 것 같소."

이현의 단호한 거절에 모용조경의 눈이 맑은 물기를 머금었
다.

부상을 입고 신음하며 보냈던 북경의 나날!

간신히 몸을 추스르자마자 이현을 만나기 위해 무리한 몸을
이끌고 섬서성으로 향했다. 먼저 숭인학관에 들러 목연에게 그
의 고향을 알아낸 후 이가장으로 찾아왔다. 이숙향에게 부끄러
움을 무릅쓴 인사를 올리고 이가장에 머무르고 있었다. 언제가
됐든 이현이 고향으로 돌아올 것을 믿고 있었기 때문이다.

그런데 이런 거절의 말을 듣게 될 줄이야!

순간 모용조경은 정신이 아득해지는 걸 느꼈다.

휘청!

그녀가 충격으로 인해 쓰러지려 하자 이현이 얼른 손을 뻗었
다. 자신의 말에 지극한 충격을 받은 모용조경의 안쓰러운 모습
을 그냥 지켜보고만 있을 수 없어서였다.

그렇게 포옥 이현의 품에 안긴 모용조경!

그녀가 잠시 백치미가 느껴지는 가냘픈 표정으로 이현을 올려

그 밤, 그들은 새벽이 밝아올 때까지 함께했다! 27

다보다 억지로 기운을 내 그의 품에서 빠져나왔다. 아직 부상의 여파가 남아 있다곤 하나 절정고수답게 여전히 가볍고 날렵한 움직임이다.

"모용 소저……."

"더 이상 말하지 마세요!"

"……."

"그리고 오늘 한 말을 잊지 마세요! 후일 분명히 제게 용서를 구해야만 할 테니까요!"

'용서를 구해?'

"저는 포기를 모르는 여인입니다! 이미 이 공자님을 제 낭군으로 정한 이상 결코 이대로 물러나지 않을 겁니다!"

"뭐……."

"반드시 이 공자님은 오늘 제게 한 말을 후회하고 용서를 구하게 될 거예요! 반드시요!"

그렇게 하고 싶은 말을 끝낸 모용조경이 재빨리 신형을 돌려 자리에서 떠나갔다. 두 눈에서 흘러넘치는 눈물을 이현에게 보이고 싶지 않았다. 그게 그녀가 지키고 싶은 마지막 자존심이었다.

"하아!"

이현이 멀어져 가는 모용조경의 뒷모습을 바라보며 장탄성을 토해냈다.

여인의 연정을 이해하는 것!

어렵다.

평생 사부 풍현진인의 말을 충실히 지키며 살아왔던 그에겐 천하제일인이 되는 것만큼 지난한 일이었다. 방금 전 모용조경을 울린 일이 남긴 여운은 분명히 그러했다. 다시는 같은 일을 반복해서 경험하고 싶지 않은 것이다.

그때 멀리서 나직하게 혀를 차는 소리가 일었다.

"쯔쯧! 이래서 중원의 여자들은 곤란하다니까……."

'응?'

이현이 혀 차는 소리가 들려온 쪽으로 시선을 던지곤 인상을 살짝 긁어 보였다. 연서인이 수목 뒤에 몸을 숨긴 채 고개만 빼꼼하게 내밀고 있는 모습을 발견했기 때문이다.

'내공이 부족해지니까 이런 점이 불편하군. 의념을 집중한 채로 싸울 때와는 달리 평소에는 이런 평범한 인기척도 잘 못 느끼게 됐으니 말이야.'

이현이 내공을 잃어버린 자신의 현 실태를 절감하며 연서인에게 퉁명스럽게 말했다.

"언제부터 거기에 숨어 있었던 것이오?"

"얼마 안 됐어요."

"정확히 언제부터요?"

"으음, 자존심 높은 강동제일미녀가 자기 싫다는 남자한테 질척거리면서 들러붙는 모습을 보이기 전부터랄까요?"

"그런 거 아니오."

"그런 거 맞는 거 같은데요?"

"아니라고 했잖소!"

이현이 살짝 언성을 높이자 연서인이 발끈한 표정을 하고서 달려 나왔다.

스윽! 슥!

그리고 얼굴을 이현 쪽으로 바짝 밀어 보이며 말한다.

"그럼 방금 전에 천룡검후한테는 왜 그랬는데요? 말해보세요!
말해보라구요!"

"그건 그냥……."

"그냥 뭐요?"

"…현재로선 남녀 관계에 대해서 말할 수 없는 상황에 대해서
말한 것뿐이오."

"그럼 딱히 천룡검후가 싫은 건 아닌 거로군요?"

"……."

이현이 대답 대신 천천히 고개를 끄덕여 보였다. 그러자 연서
인의 얼굴이 살짝 밝아졌다. 뭔가 굉장히 안심한 것 같은 표정이
었다.

"와아, 다행이다!"

"뭐가 다행이란 거요?"

"잠깐 걱정했거든요. 이 공자님이 여자를 싫어하거나 독특한
형태의 무공을 익힌 줄 알고요."

"왜 그런 생각을 한 것이오?"

"당연하잖아요! 그런 게 아니면 어떻게 강동제일미녀의 구애
를 거절할 수 있겠어요?"

'딴은 그렇군.'

이현은 연서인의 말에 저도 모르게 설득당하는 걸 느꼈다.

확실히 모용조경은 정말 미인이었다.

그동안 만났던 어떤 미인도 그녀와 비교하면 다소간의 손색이

있음을 부인할 수 없었다. 주목란이나 목연같이 꽃다운 미녀와 비교해도 말이다.

그래서 연서인이 한 말에 공감이 되었다. 그런 특이점이 있는 남자가 아니라면 모용조경의 구애를 거절하기란 결코 쉽지 않을 터였기 때문이다.

'그런데 왜 연 소저가 그거에 걱정을 한 거지?'

이현이 고개를 갸웃해 보이자 연서인이 그의 속내를 읽은 듯 태연하게 말했다.

"이 공자님이 지금 뭘 생각하시는지는 잘 알아요. 이 남해의 계집애가 왜 이렇게 호들갑을 떠는지 궁금한 걸 테죠?"

"……"

이현이 고개를 끄덕여서 긍정의 신호를 보이자 연서인이 어깨를 추어보이고 말을 이었다.

"역시 그렇군요!"

"그래서 왜 그런 것이오?"

"그야 이 공자님한테 관심이 많으니까 그렇죠! 설마 여태까지 그렇게 눈치를 줬는데 눈치채지 못했다고 잡아떼진 않으실 테죠?"

"……"

이현이 다시 입을 다물었다. 연서인이 말한 것처럼 그녀가 자신에게 관심이 있다는 건 익히 알고 있었다. 모용조경처럼 직접적으로 고백을 하진 않았으나 훨씬 노골적으로 관심을 표명한 지 꽤나 오래되었기 때문이다.

연서인이 침묵에 빠진 이현의 얼굴을 다시 훑어보고 팔짱을

끼었다.

"뭘 갑자기 얼굴이 굳고 그래요. 저도 알아요. 천룡검후한테도 열지 않은 마음을 나같이 평범한 계집애한테 내줄 이 공자님이 아니란 것쯤은요."

"……."

"하지만 그래도 두 번째나 세 번째 정도라면 괜찮지 않을까요?"

第二章

# 다시 찾은 종남산!

"두 번째나 세 번째?"

"그래요. 천룡검후, 아니, 주 군주님이 정실이 되고, 두 번째는 천룡검후나 제가 될 수도 있잖아요? 뭐, 저는 인품이 넉넉한 것밖엔 내세울 게 없는 계집이니까 천룡검후가 두 번째가 되겠다면, 세 번째도 괜찮아요."

"……"

이현이 입을 가볍게 벌렸다. 설마하니 연서인에게 이런 말을 듣게 될 줄은 몰랐기 때문이다.

하지만 사실 생각해 보면 대명제국의 대명률에는 사대부의 처첩이 허용되었다. 황제를 비롯한 황족은 수백 명의 처첩을 거느리는 게 당연했고, 각 지역의 호족이나 명문가의 사대부들 역시 많게는 수십 명에서 적게는 삼처사첩을 두는 게 예사였다. 연서인이 하는 말이 특별할 건 없는 것이다.

그러나 이현은 사대부 출신의 학사이기 이전에 무림인이었다.

그것도 도가 계열의 종남파 제자였다.

얼마 전까지만 해도 차갑고 고독한 조사동에 자의 반, 타의 반 갇힌 채 폐관수련을 하면서 하루하루를 보내왔다.

종남파에 입문한 이후 단 한 번도 혼인에 대해서 생각한 적이 없었기에 후일 관건의 예를 치루고 도적에 이름을 올리는 것도 고려하고 있었다.

평생 종남파에 처박혀서 종남 무공의 궁극지경을 이루면서 사는 것도 나쁘지 않다고 여겨왔다.

하물며 무림에서 활동하는 여협들이 일반적인 규중의 처자들과는 다른 남녀관을 가지고 있음을 고려하면 연서인의 말은 가히 충격적이었다. 이현으로선 꿈에서조차 생각해 본 적이 없던 일이었다.

그렇게 이현이 충격에 빠진 표정으로 인상을 굳히자 연서인이 아무렇지도 않게 어깨를 툭툭 두드렸다. 마치 풋내 나는 어린 남동생에게 가르침을 내리는 누나같이 모든 걸 다 이해한다는 표정이 그녀의 얼굴에는 담겨 있었다.

"역시 이 공자님은 순수하군요."

'수, 순수……'

"하지만 지금부터 아주 신중하게 고민하셔야 할 거예요. 주군주님을 이대로 처녀로 늙게 했다가 후일 무슨 꼴을 당하게 될지에 대해서 말이에요."

움찔!

이현이 주목란을 떠올리고 어깨를 가볍게 떨어 보였다. 비로소 연서인이 한 말과 행동, 모두가 이해되었기 때문이다.

연서인이 고개를 끄덕여 보였다.

"맞아요! 제가 아무리 배포가 크고 이해심이 깊다 해도 만약 주 군주님이 관련되지 않았다면 어떻게든 이 공자님을 독식하려 했을 거예요! 본래 우리 남해의 여인들을 매일같이 바다에 나가는 사내들에 대한 독점욕이 무척 강하거든요. 뭐, 어쩔 수 없잖아요? 사내 숫자가 적은 데다 함께할 수 있는 시간이 무척 적으니까요."

"……."

"암튼 그런 거예요. 그러니 열심히 공부한 학사답게 앞으로 맞아들일 아내들을 어떻게 잘 화합하면서 살 수 있게 할지에 대해서 고민해 보세요. 그게 앞으로 이 공자님한테 남은 피할 수 없는 인생이니까요."

'설마 내 결정권은 없는 건가?'

"없어요! 그런 건!"

마치 이현의 속내를 읽기라도 한 것처럼 연서인이 단호하게 말하고 갑자기 화제를 돌렸다.

"그런데 저녁밥이 좀 심심하지 않았나요?"

"심심했소! 아주 많이!"

"그럼 밖에 나가서 야참 어때요?"

"야참은 항상 옳지!"

언제 연이은 폭탄 발언에 넋을 놓았냐는 듯 이현이 곧바로 환한 표정이 되었다. 그렇지 않아도 지나치게 간소한 식사 때문에 출출한 지 오래였다. 연서인의 갑작스러운 화제 전환과 제안이 반갑지 않을 리 만무했다.

그런 이현을 바라보며 연서인이 내심 슬쩍 미소 지었다.

'역시 남편감은 이렇게 듬직하고 단순한 사람이 최고지! 다른 여자들한테 인기만 없으면 더 좋을 텐데……'

연서인의 솔직한 속내였다.

*      *      *

다음 날.

밤새 연서인과 야참을 달린 터라 이숙향이 차린 아침밥을 건너뛴 이현은 뒷마당에서 청명보검을 파냈다.

우웅!

오랜만에 주인을 만난 청명보검이 나직한 울음을 토해냈다.

반가움?

원망?

그런 것에 개의치 않고 이현은 당장 청명보검을 빼들었다. 그러자 다시 일어난 검음과 함께 싸늘하게 주변의 대기를 얼려 버리는 새파란 검기!

"과연 내 청명답구나!"

우웅!

이현의 사심 없는 칭찬에 청명보검이 다시 울음을 토했다. 청명한 검신에 담겨 있는 은은한 검기가 조금 더 선명해진 듯하다.

한데, 한참 동안 청명보검의 검신을 꼼꼼하게 살피던 이현의 검미가 슬쩍 위로 치솟아 올랐다.

슉!

그리고 신형을 돌려 세우자 그의 손에 들려 있던 청명보검이 곧바로 강력한 검기를 만들어낸다.

단지 그뿐?

그렇지 않았다.

스으!

어느새 이현의 신형은 몇 개의 분영을 만들면서 공간을 가로질렀다. 단숨에 몇 장의 거리를 이동해 뒷마당 끝에 심어져 있던 커다란 감나무를 바로 앞에 두고 있었다.

번쩍!

이윽고 청명보검이 휘둘러졌다.

그러자 단숨에 양단되어 무너져 내리는 감나무!

휘릭!

그와 거의 동시에 감나무 위에서 작은 인영이 회전을 보이며 떨어져 내렸다.

상당한 실력의 은신술!

나무 위에서 떨어져 내리는 움직임 역시 최상!

'절정급의 고수로구나!'

이현은 빠른 판단과 동시에 수중의 청명보검을 회전시켰다. 손끝으로 교묘하게 청명보검의 변화를 조정했다. 그리고 다음 순간!

피잇!

순간적으로 천하삼십육검의 천하도도의 검형이 감나무에서

뛰어내린 작은 인영을 찔러갔다.

"으윽!"

작은 인영의 입에서 다급한 신음이 흘러나왔다. 이현이 잇달아 펼친 기묘한 움직임에 대응해서 최상의 보신경을 펼쳤는데도 곧바로 날아든 청명보검의 검끝을 피하는 데 실패했기 때문이다.

스슥!

그래도 작은 인영은 포기하지 않고 다시 신형을 움직였다.

어떻게든 청명보검을 피하려는 의지!

피잇!

그러나 그때 거짓말처럼 다시 변화한 이현의 청명보검이 작은 인영의 앞을 가로막았다. 더욱 정확히 말하자면 얼굴을 절반쯤 가리고 있던 검은 면사를 잘라 버렸다.

"갈소옥?"

이현이 잘린 검은 면사 사이로 드러난 익숙한 중년 미부의 얼굴에 나직하게 소리쳤다.


천향마녀 갈소옥


한때 천하의 뭇 사내들의 애간장을 녹였던 희대의 마녀이자 색녀. 얼마 전까진 서안성 최고의 기루인 여춘원의 특급 기녀 종미였으나 그녀는 이현에게 패한 후 숭인학관의 시녀장이 되었다. 혹시 이현이 부재했을 때 숭인학관과 목연에게 문제가 발생하지 않는 안전장치와 같은 존재였던 것이다.

'그런데 그런 갈소옥이 어째서 이가장에 나타난 거지?'

이현이 내심 눈살을 찌푸리는 사이 갈소옥이 잠시 어리둥절한 표정을 짓다가 뭔가를 깨달은 듯 소리쳤다.

"혹시 이현 공자님이신가요?"

"맞아."

"그런데 어쩌다가 이렇게 확 늙어버린 건가요? 얼굴도 많이 상한 것 같고……."

'그게 네가 할 소리냐!'

이현이 과거 서안성에서 처음 봤을 때보다 적어도 스무 살은 더 나이 들어 보이는 갈소옥을 향해 내심 버럭 소리쳤다. 자신의 얼굴이 과거로 돌아간 걸 보고 이렇게 노골적인 반응을 보인건 그녀가 유일했기 때문이다.

그러자 갈소옥이 이현의 속내를 읽은 듯 재빨리 입가에 생글거리는 미소를 매달았다.

"호호, 하지만 여전히 호남아시네요! 아니, 오히려 현재의 모습이 예전보다 나은 것 같은데요? 아주 사나이다워지셨어요!"

"됐고!"

재빨리 갈소옥의 입에 발린 칭찬을 끊어버린 이현이 서늘한 표정으로 말했다.

"혹시 날 찾아온 건가?"

"…예."

"천리추종향 같은 걸 내 몸에 발라놨군?"

"혹시 몰라서… 으악! 잘못했어요! 잘못했어요!"

이현의 손에 들린 청명보검에서 일어난 살기에 놀라서 갈소옥은 연신 용서를 빌었다. 처음 만났을 때의 도도한 그녀를 생각하면 상상하기 힘든 변화였다. 그리고 그녀를 이렇게 만든 건 물론 이현 자신이었다.

이현이 청명보검을 치웠다.

슥!

"그래서 왜 날 찾아온 거지? 혹시 숭인학관에 문제가 생긴 것인가?"

"역시 이 공자님이세요! 공자님 말대로 큰 문제가 발생했어요! 숭인학관뿐 아니라 숭인상단과 청양 모두에 말이에요!"

"그게 무슨 뜻이지? 자세하게 설명해 봐!"

"그게… 며칠 전 갑자기 청양 일대로 수백 명이 넘는 무림인들이 몰려왔어요. 그들은 하나같이 제정신이 아닌 것들이었는데, 청양에 도착하자마자 사람들을 도살하기 시작했어요. 남녀노소를 불문하고 무자비하게 청양 사람들을 죽였어요. 그래서 개방 청양 분타와 숭인상단에 속해 있던 무인들이 그들에게 대항했으나 중과부적이었어요. 개방의 풍운삼개를 비롯한 거지들을 비롯한 청양 무인들 대부분이 첫 번째 싸움에서 몰살당했고, 숭인상단의 무인들 역시 비슷한 꼴이 되었어요. 소첩은 뒤늦게 그 같은 상황을 파악하고 목연 소저를 뫼시고 숭인학관에서 탈출하려 했는데……."

"……"

갈소옥이 움찔한 표정으로 이현을 바라봤다.

살기!

그냥 살기가 아니다!

보는 사람의 심혼을 박살 내버릴 정도로 강렬한 살기가 이현에게서 흘러나왔다.

학사 이현?

아니다.

현재의 그는 출종남천하마검행을 하던 마검협이었다. 한 자루 검을 들고서 천하의 악(惡)을 단칼에 참(斬)하던 종남파가 배출한 마인 이상의 마검을 휘두르는 검객이었다. 그렇게 무수히 많은 피투성이 싸움을 한 끝에 당대 천하제일인 운검진인에 대한 도전권을 얻어낸 고독한 마검객이었다.

이현이 말했다.

"그래서?"

갈소옥이 다시 움찔 놀란 표정과 함께 조심스럽게 말을 이었다.

"…그때 조준 그 녀석이 나타났습니다."

"조준?"

"예, 그 후레자식이 소첩이 방심하는 틈을 타서 목연 소저를 제압했습니다. 청양을 갑자기 공격해 온 무림인들이 사실은 놈이 몰고 온 것이었던 거죠. 소첩은 어떡하든 그 망할 녀석에게서 목연 소저를 되찾으려 했지만 실력이 부족해서 그만 부상만 당하고 말았습니다."

갈소옥은 얼른 자신의 상의를 걷어 올려서 갈비뼈 부근에 난 커다란 멍 자국을 보여줬다.

부상의 정도와 위치로 볼 때 현재 그녀의 갈비뼈는 적어도 세 개 이상이 부러졌고, 내장 역시 상당한 정도의 상처를 입었음을 알 수 있었다. 그녀 정도 되는 전대의 절정고수가 너무 쉽게 내공을 잃은 이현에게 발각된 이유이기도 했으리라.

이현이 말했다.

"그래서 조준이 널 놓아준 이유는 무엇이지?"

"그게……."

"빨리 말해!"

이현이 언성을 높이자 갈소옥이 걷어 올렸던 상의를 끌어내리고 조심스럽게 말했다.

"조준, 그 망할 녀석이 말하길, 목연 소저와 숭인학관. 그리고 숭인상단과 개방의 풍운삼개 등을 구하고 싶거든 이현 공자님을 찾아가서 종남파에 대기시키라고 했습니다."

"나더러 종남파에 대기하라고?"

"예, 정확히 그리 말했습니다. 그러면 자신이 종남파로 이현 공자님을 찾아갈 거라고요."

"……."

이현이 청명보검에 천천히 손을 가져다 댔다.

스파앗!

그리고 검날을 움직인 순간, 청명보검의 청백한 검신을 따라서 검붉은 핏방울이 또르륵 굴러내렸다. 워낙 날카로운 검날에 베인 상처를 통해 흘러내린 핏물이 거울을 방불케 할 만큼 매끄러운 검면에 모조리 미끄러져 버린 것이다.

그것으로 끝이었다.

파앗!

가볍게 청명보검을 휘둘러 얼마 남지 않은 핏방울을 날려 보낸 이현이 천천히 납검(納劍)했다. 방금 전 언뜻 내보였던 마검협의 살기를 어느새 심중 깊숙하게 갈무리한 것이다.

부들!

그러나 그 순간 갈소옥은 오히려 더욱 크게 몸을 떨었다. 방금 전처럼 마음이 놀란 게 아니다. 아주 오랫동안 무림에서 산전수전을 모두 경험했던 육감이 직감적으로 몸에 영향을 미쳤다.

'무, 무섭다!'

그렇다.

갈소옥은 진심으로 살기를 거둬들인 이현이 무서웠다. 흡사 폭발 직전의 활화산을 바로 목전에서 지켜보는 것 같았기 때문이다.

\*　　　　　\*　　　　　\*

"이렇게 떠나려는 것이냐?"

"예."

"그날과 같구나."

"……?"

"네가 이가장을 떠나던 그날 밤 말이다. 그날 너는 그 어린 나이에 뒤도 돌아보지 않고 이가장을 떠나갔지. 그런 널 나는 붙잡지 않았고."

"어째서 그리하셨습니까?"

"네가 어린 치기로 이가장을 떠나는 게 아니란 걸 알고 있었거든."

"……."

"아니다. 그런 걸 내가 어찌 알겠느냐? 그냥 나는 네가 뜻을 세웠다고 여겼을 뿐이다. 그리고 본래 뜻을 세운 자는 나이와 관계없이 어른이 아니겠느냐? 어른이 자신이 정한 길을 위해 나아가겠다는데 막을 순 없는 게지."

"죄송합니다. 다시 고모님께만 무거운 짐을 맡기게 되었습니다."

"그러라고 있는 고모가 아니겠느냐? 정 그렇게 마음이 쓰이면 다음번에는 내 일을 나눠줄 예쁜 신부라도 데려오거라. 내 너무 많이 고생시키진 않을 테니까."

"노력해 보겠습니다. 그럼 보중하십시오."

이현이 이숙향을 향해 정중하게 고개를 숙여 보였다.

세 번째 이별!

그리고 어쩌면 마지막 이별일지도 모른다는 생각이 들었다. 부친 이정명과 고모 이숙향을 다시 만나지 못할지도 모를 길을 떠나야 하기 때문이었다.

그러나 이숙향을 뒤로하고 방을 나섰을 때!

이현은 이미 마검협이었다.

학사의 배움을 버린 그가 다시 무림의 차가운 바람에 자신의 몸을 내맡겼다.

"이 공자님……."

"이 공자님……."

이가장을 나서자 연서인과 갈소옥이 그에게 다가왔다.

그녀들 역시 함께 종남파에 갈 준비를 끝내고 있었다. 아주 큰 전력이 될 여인들이다.

이현이 연서인에게 말했다.

"연 소저에게 부탁할 게 있소."

"말하세요."

"주 군주에게 돌아가시오."

"예? 하지만……."

"주 군주에게 돌아가서 그녀를 지켜주시오. 그게 내가 연 소저에게 할 마지막 부탁이오."

"…주 군주님이 위험하다고 생각하시는 건가요?"

"조준은 일부러 숭인학관과 숭인상단. 그리고 풍운삼개를 노리고 청양을 공격했소. 당연히 주 군주에게도 마수를 뻗치지 않으리란 보장이 없지 않겠소?"

"타당한 말이에요. 하지만 주 군주님은 현재 강남에서 칠황야의 잔당들을 토벌하는 중이세요. 수만 명의 대병과 동창, 금의위의 고수들의 보호를 받으시는데 조준이란 자가 제아무리 대단해도 감히 그분에게 위해를 가할 순 없다고 생각해요."

갈소옥이 끼어들었다.

"그건 그렇지가 않다."

"무슨 뜻이죠?"

연서인이 싸늘하게 노려보자 갈소옥이 살짝 공포가 섞인 표정으로 말했다.

"조준 그 자는 사람이 아니다."

"예?"

"나는 조준 그자를 예전에 본 적이 있었다. 숭인학관에서 꽤 오랫동안 함께 지냈지. 그래서 그자에 대해서 어느 정도는 알고 있다고 생각했는데, 이번에 그 생각이 완전히 바뀌었다."

"어떻게 바뀌었다는 거죠?"

"그는… 내 생각에 그저 사람의 형상을 하고 있는 마귀가 분명하다. 그렇게 바뀐 채로 숭인학관에 왔고, 그래서 나는 그자에게 어떠한 반항도 하지 못했고, 그의 말에 거역할 엄두조차 낼 수 없었다. 이건 굉장한 일이야!"

갈소옥의 과거에 대해 잘 모르는 연서인이 아미를 찡그려 보였다. 갈소옥이 마지막에 덧붙인 감탄성에 가까운 말의 의미를 이해할 수 없었기 때문이다.

그러자 이현이 대신 말했다.

"연 소저, 갈 대랑은 마도에 몸을 담고 있었던 고수요. 당연히 마도나 사마외도의 술법이나 사공이학에 대해 무척 조예가 깊다고 할 수 있소. 그런데 그런 그녀가 조준에게 사람 이외의 힘을 느꼈다면 그건 굉장한 일이라 봐도 무방할 것이오. 결코 평범한 마도나 사마외도의 술법, 혹은 사공이학이 아닐 테니까."

"……."

"그러니 연 소저는 내 부탁대로 주 군주에게 갔으면 좋겠소."

"하지만 그런 굉장한 악귀가 주 군주님을 공격한다면 저 하나 있어 본들 큰 도움은 되지 않을 거예요!"

"북경에서 검치 노야의 도움을 얻을 순 있을 것이오. 아니면 소림사나 무당파의 도움을 얻거나. 주 군주라면 연 소저의 말을 듣고 충분히 자신을 보호할 방책을 마련할 수 있을 것이오."

"으으!"

연서인이 나직하게 신음하며 발을 굴렀다. 이현과 갈소옥의 말을 듣고 더 이상 고집을 피울 수 없게 된 것이다.

이현이 말했다.

"그동안 내 수발을 들어주고, 말을 몰아주느라 고생 많았소. 후일 기회가 온다면 반드시 내 연 소저의 부탁 하나쯤은 들어주겠소."

"어? 그 말 정말인가요?"

"물론이오. 이건 숭인학관의 학사 이현이 아니라 무림인 마검협이 하는 약속이니까!"

이현이 손바닥을 내밀자 연서인이 재빨리 손뼉을 세 번 때려 약속을 정했다.

"사마난추(四馬難追)!"

"강호의 약속은 네 마리 말을 몰아도 쫓기가 어려운 법!"

그렇게 이현과 연서인은 약속을 정하고 아쉬운 작별을 고하고 각자의 길을 향해 떠나갔다. 연서인은 주목란이 있는 남경으로. 그리고 이현은 갈소옥과 함께 사문 종남파로 말이다.

\*　　　　\*　　　　\*

"아!"

목연은 나직한 탄성과 함께 눈을 떴다.

몸이 천근만근처럼 무겁다.

눈을 떴음에도 손가락 하나 까딱할 힘이 나지 않았다.

평생을 건강하고, 근면함과 성실함이 몸에 밴 삶을 살아왔던 그녀에겐 아주 낯선 상황!

목연은 몇 차례 눈을 깜빡이다 흠칫 몸을 떨었다.

그녀에게서 얼마 떨어지지 않은 장소.

느닷없이 검붉은 불꽃이 폭풍처럼 일어나더니, 단숨에 목연의 눈 속으로 파고들었다. 낙인이라도 찍으려는 듯 거침없이 달려 들어왔다.

"악!"

목연은 놀라서 비명을 터뜨렸다.

어찌나 심하게 놀랐던지 옴짝달싹하지 않던 몸도 조금쯤 움직일 수 있었다. 누운 자세에서 상반신을 절반가량 일으키며 양손으로 얼굴을 감쌀 수 있을 정도로 말이다.

그러나 다음 순간, 목연은 어리둥절해졌다.

'아, 아무 일도 일어나지 않았잖아? 설마 내가 아직 꿈을 꾸고 있는 걸까?'

목연은 얼굴을 가렸던 손을 천천히 내리며 자신의 몸을 둘러 봤다. 방금 그녀를 덮쳤던 불꽃의 낙인에 혹시라도 다치거나 변화한 점이 있는지 확인하기 위함이었다.

그때 검붉은 불꽃의 폭풍이 일어났던 방향에서 나직한 목소리가 들려왔다.

"깨어났군."

'이 목소리는……'

목연이 얼른 시선을 목소리가 들려온 방향으로 던졌으나 아무 것도 확인할 수 없었다. 그다지 어둡지 않은 상태임에도 목소리가 들려온 장소는 전혀 보이지 않았다. 흡사 짙은 안개가 머물러 있는 것처럼 시야를 가려서 도통 뭐가 있는지 알 수 없었다.

하지만 목연은 목소리가 낯익다고 여겼다.

설마 자신이 아는 사람인 걸까?

목연은 한참을 목소리 주인에 대해 연상하려 노력한 끝에 하나의 이름을 떠올렸다.

'…조준! 조 공자!'

한동안 숭인학관에 머물렀던 대막에서 온 이방인. 독특한 생김새와 말투 탓에 목연은 그를 기억해 낼 수 있었다. 아무래도 그녀가 평생 접해왔던 섬서성 사람들과는 말투나 행동거지 모두에서 크게 차이가 났기 때문이다.

"혹시 조 공자이신가요?"

"그렇다."

"아!"

목연이 탄성과 함께 안도의 기색을 지어 보였다.

조준은 독특한 사람이긴 하나 이현과 악영인과 친분이 있었고, 상당한 기간 숭인학관에 머물면서 도움을 주었다. 갑자기 낯선 곳에서 깨어난 상황에서 그의 존재는 목연에게 조금쯤 위안을 준다고 할 수 있었다.

목연이 가슴을 손으로 쓸어내리며 말했다.

"조 공자님께서 혹시 절 구해주신 건가요?"

"그렇지 않다."

"그러면……?"

"나 역시 방금 전에 의식을 회복했기에 어찌 된 영문인지 알지 못한다. 어떻게 보면 너와 똑같은 상황에 처한 셈이지."

"그, 그럴 수가! 그럼 숭인학관이나 저와 함께했던 분들이 어떻게 되었는지도 모르시는 건가요?"

"그렇다."

조준의 담담한 대답이 끝난 순간 그를 가리고 있던 짙은 안개가 일부 걷혔다.

그러자 드러난 모습!

흉갑 그리고 조준!

기괴한 모양의 검붉은 갑주를 걸친 조준이 등을 벽에 대고 앉아 있었다. 영문을 알 수 없지만 뭔가 꽤나 힘들어 보이는 모습인데, 특히 눈 주변이 그러했다. 수백 개가 넘는 붉은 실선이 두 눈을 중심으로 뻗어 나와 얼굴 전체로 퍼져 나가고 있는 것이다.

움찔!

목연은 저도 모르게 몸을 가볍게 떨고는 곧 안타까운 표정이 되었다. 잘은 모르지만 그냥 보고 있는 것만으로도 현재 조준이 무척 힘든 상황에 처해 있다는 것을 알 수 있었다. 놀란 기색을 보이는 것만으로도 마음에 부담이 일 정도로 말이다.

그래서 목연이 조심스럽게 질문했다.

"조 공자님… 몸은 괜찮으신 건가요?"

"괜찮다. 아니, 오히려 아주 좋다고 할 수 있겠군. 평생 이 정도로 온몸에 힘이 넘쳐흘렀던 적이 없었던 것 같달까?"

'그런 것 고는 무척 힘들어 보이는데……'

목연은 목구멍까지 올라온 말을 얼른 삼켰다. 조준이 자신에게 이리 말하는 이유가 있을 거라 생각했기 때문이다. 그러자 조준의 몸 전체로 다시 짙은 안개가 드리우기 시작했다. 목연에게서 자신의 실체를 숨기기라도 하려는 것처럼 처음 상태로 돌아간 것이다.

목연이 놀라 소리쳤다.

"조 공자님!"

"왜?"

"우린 무사한 걸까요?"

"염려 말아라."

"예?"

"너는 반드시 내가 구할 테니까. 설혹 내 목숨이 끊긴다 해도 말이야."

"……"

목연이 입을 가볍게 벌린 채 멍한 표정이 되었다. 조준의 갑작스러운 말에 머릿속이 온통 혼란해져 버렸다. 어떤 말도 할 수 없게 되었음은 물론이었다.

스아아아아!

그때 짙은 안개가 조준의 전신을 감쌌다. 어느새 눈에서 시작된 붉은색 실선이 퍼지다 못해 완전히 새빨갛게 변해 버린 조준의 흉신악살 같은 얼굴을 가려 버렸다.

\* \* \*

종남산.

이현이 이곳을 떠난 지도 어느덧 1년이 훌쩍 지나갔다.

본래는 훨씬 일찍 돌아와야만 했다.

그래서 다시 고리타분하고 칙칙한 조사동으로 돌아가 폐관수련에 매진해야 했다. 평생 동안 준비해 왔고, 꿈꿔왔던 천하제일인 운검진인과의 대결을 위해 화산으로 떠날 때까지 말이다.

비검비선대회!

종남파와 화산파간의 친선 비무라는 오랜 전통과는 별개로 어느새 천하제일인을 가리는 대회가 되었다. 적어도 섬서성과 관계없는 무림에는 그런 식으로 소문이 났다. 현 천하제일인 운검진인에게 신성이라 할 수 있는 마검협 이현이 도전하는 형식이었기 때문이다.

어찌됐든 그래서 이현은 몇 년 전 사형들의 음모에 빠져서 조사동에 갇혀서 강제 폐관수련에 들어갔다.

생각 같아선 당장 때려치우고 조사동에서 나오고 싶었지만 그리하지 않았다. 사부 풍현진인의 염원이 종남파의 무공이 화산파를 이기고 구대문파 중에 우뚝 서는 것임을 알고 있어서였다.

게다가 역시 천하제일인을 상대하는 일이다.

이 정도 고난 정도는 당해줘야 예의가 아니겠는가.

'분명 그렇게 생각했는데, 조사동에서 보냈던 나날보다 학사로 보낸 지난 1년여의 기간이 더욱 날 성장시킬 줄이야!'

이현은 눈앞에 보이는 종남산의 웅장한 산자락을 바라보며 내심 쓰게 웃었다.

학사로 보냈던 지난 1년!

이현은 확실하게 자신의 무공이 성장했음을 느꼈다.

이가장에서 부친 이정명을 만난 후 변화를 겪었고, 심마에 빠졌음을 깨달았다. 그리고 그렇게 흔들려 버린 무공을 가지고 학사 생활에 매진했다. 어린 시절 종남파에 입문한 후 처음으로 검을 손에서 놓고 마음의 끈을 풀어놓았다. 본래 부친 이정명이 가게 하고자했던 길을 억지로 걸으며 예전과는 완전히 다른 풍경을 목도하게 되었다.

그건……

무척 새로웠다.

아주 다르고 꽤 즐거웠다.

평생 손에 쥐고서 절대 놓을 생각이 없던 검을 휘두를 때와는 다른 식의 재미를 느끼게 되었다. 색다르고 즐거운 나날 속에 스스로의 무학에 대해 꽤 많은 생각을 했고, 어느 순간 깨달음을 얻을 수 있었다.

'결국 내 심마는 스스로 만들어낸 것이었다. 조사동의 차가운 바닥에서 배를 곯아가며 만들어낸 허상(虛想). 사부님과 내가 마음속에서 상정했던 주적, 운검진인에 대한 왜곡된 심상수련을 거듭하다가 자기 자신의 장점을 잃어버리게 된 것이다. 하필이면 그 점을 내공을 모조리 잃어버린 후에야 알게 되다니……'

자기 자신에게 한심스러움을 느끼며 이현은 눈가를 소매로 닦았다. 바람을 타고 날아든 먼지가 눈에 들어갔다. 물론 그것만이 안구에 습기가 차게 만든 이유의 전부는 아니었지만 말이다.

그때 갈소옥이 조심스럽게 말했다.

"이 공자님, 어째서 우시는 건가요? 혹시 목연 소저가 걱정돼서 그러시는 거라면……."

"우는 거 아냐!"

"…예, 우시지 않았습니다! 전혀 우신 게 아니지요!"

갈소옥이 얼른 말을 바꾸자 이현이 다시 소매로 눈가를 훔치고 화제를 돌렸다.

"종남산 일대는 어떻지?"

"평온한데요."

"정말?"

"예, 정말 평온 그 자체예요. 소첩이 기감 하나는 정말 예민한 편이니까 믿으셔도 돼요!"

"다행히 늦진 않았군."

"그러게요. 저기 그런데 이 공자님……."

"응?"

왠지 쭈뼛거리는 표정이 된 갈소옥이 말했다.

"…정말 내공을 사용할 수 없으신 건가요?"

"보면 알잖아. 그 예민한 기감으로 날 살펴보니 어때? 내공이 느껴지나?"

"그건 내공이 반박귀진의 경지에 올라서 그런 게……."

"전혀 아니야. 나는 심마에 빠졌다가 가까스로 벗어나긴 했지만 덕분에 내공을 거의 사용할 수 없게 됐어. 고작해야 삼류무사 정도의 기본 내공 정도나 사용할 수 있을지 모르겠군."

"……"

갈소옥의 입이 벌어지며 놀란 표정이 되었다.

그럴 수밖에 없다.

비록 상당한 부상을 당했다곤 하나 이가장에서 갈소옥은 단숨에 이현에게 제압당했다. 그것도 과거 그와 처음으로 맞붙었을 때보다 더 압도적인 패배를 당하고 말았다.

그런데 그런 이현이 내공을 사용할 수 없는 몸이라니! 그런 몸으로 자신을 예전보다 훨씬 압도적으로 제압해 버렸다니!

전대의 노마라 할 수 있는 갈소옥도 이런 무공은 풍문으로나마 들어본 적이 없었다.

가끔 무림에 내공을 그다지 사용하지 않는 독자적인 형태의 무공이 존재하긴 했으나 모두 한계가 명확했다. 중원의 무공은 정파, 사파, 마도를 통틀어서 절정의 경지에 오르기 위해선 내공의 힘을 빌려야만 하기 때문이다.

이현이 피식 웃으며 말했다.

"내 말을 믿기 힘든 것 같군."

"솔직히 그렇습니다."

"그럼 여기서 다시 붙어볼까?"

"그, 그래도 되겠습니까?"

"얼마든지 공격해 봐! 나는 여기서 한 걸음도 움직이지 않을 테니까."

이현이 갈소옥을 바라보며 양손을 벌려 보였다. 허리에 찬 청명보검조차 빼들지 않고 전대의 대마두인 천향마녀 갈소옥의 공격을 종용한 것이다.

"……."

갈소옥이 잠시 고민하다 천천히 내력을 일으켰다.

공격을 위해서가 아니다.

기감의 증폭!

그녀는 방금 전까지 종남산 전체를 훑어보던 기감을 극단적일 정도로 응축했다.

그렇게 함으로써 기감의 민감도를 올려서 눈앞에 무방비 상태로 서 있는 이현을 살폈다. 현재 이현의 상태를 명확하게 파악하기 위함이었다.

'저, 정말이다! 정말 이 공자에게선 삼류무사 이상의 내력이 느껴지지 않는다! 만약 반박귀진에 의해서 비범함이 평범함으로 변한 것이라면 이런 식으로 적은 내력이 느껴지지 않을 터인데…….'

이현이 한 얘기가 옳다는 확신이 든다.

그러면 여기서 어찌해야 할까?

'…공격해? 말아?'

갈소옥은 짧은 순간 엄청난 번민을 느꼈다. 눈앞의 이현을 공격해서 전날의 굴욕을 갚고 싶다는 생각과 왠지 모를 두려움 사이에서 말이다.

그런데 그때였다.

움찔!

갈소옥의 번민 중 전자 쪽이 기세를 올린 것과 동시에 이현의 모습이 바뀌었다.

거대함!

상상을 초월한 확장!

갈소옥이 보는 앞에서 무방비 상태로 서 있던 이현이 점차 변화했다. 그를 중심으로 주변의 모든 것을 빨아들이면서 무한히 커져가기 시작한 것이다.

'헉!'

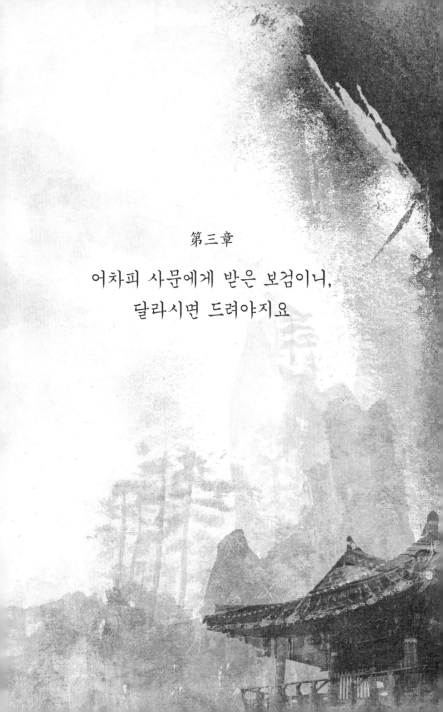

第三章

어차피 사문에게 받은 보검이니,
달라시면 드려야지요

갈소옥은 내심 신음을 토하며 자신도 모르게 뒤로 물러섰다.

파팟!

그녀 역시 고수답게 곧바로 임전 태세에 들어갔다. 만나선 안 될 천적을 눈앞에 둔 것처럼 그녀가 끌어올렸던 내공은 미친 듯이 요동치고 있었다.

게다가 그건 시작에 불과했다.

"커헉!"

뒤로 황급히 물러났음에도 갈소옥은 입에서 피 화살을 토해 냈다. 순식간에 이현의 거대함이 그녀가 벌렸던 간격을 월등히 뛰어넘는 지경에 이르렀기 때문이다.

즉, 그녀는 잡아먹혔다.

단숨에 이현이란 존재의 거대함에 꿀꺽 삼켜져서 어떤 식의 저항조차 할 수 없는 몸이 되어버렸다. 영혼이 탈색되는 듯한 충격과 함께 그리되었다.

털썩!

그 결과 갈소옥이 바닥에 주저앉았다. 전대의 이름 높은 마녀이자 절정고수인 그녀가 변변찮은 저항조차 해보지 못하고 이현 앞에서 항거 불능 상태가 된 것이다.

'뭐, 뭐지? 방금 전에 무슨 일이 벌어진 거지?'

갈소옥은 바닥에 주저앉은 채 넋을 놓고 이현을 바라봤다.

이현.

방금 전 그녀를 단숨에 집어삼킬 정도로 거대해졌던 그.

놀랍게도 그대로였다.

언제 불가사의한 거대함을 이뤘냐는 듯 그는 처음, 그 자리에 아무렇지도 않게 서 있었다. 아예 한 발자국도 움직이지 않았고, 어떠한 무공의 힘도 발휘하지 않은 듯이 고정된 상태였다.

이게 가능한 일인 걸까?

갈소옥이 열심히 머리를 굴리며 고민할 때 이현이 피식 웃어 보였다.

"오줌 냄새가 나는군."

"으······."

갈소옥이 뒤늦게 자신이 오줌을 지린 사실을 인지하고 얼굴을 발갛게 물들였다. 전대의 마녀이자 색녀로 이름을 날렸던 자신이 제대로 된 싸움도 못해보고 패한 데다 오줌까지 지린 건 무척 부끄러운 일이었다.

'···게다가 그런 사실조차 의식하지 못하고 있었다니! 현재의

나로선 감히 이 공자님이 이룬 무(武)의 경지를 예단조차 할 수 없는 것이로구나!'

내심 고개를 절레절레 흔든 갈소옥이 억지로 굳은 몸을 움직여 바닥에 넙죽 엎드렸다. 동물의 세계에 속한 자같이 절대적인 강자에게 완전히 자기 자신을 낮추기로 마음먹은 것이다.

"이 공자님의 드높은 무위에 소첩, 진심으로 감복했습니다! 결코 다시는 이 공자님의 존엄을 건드리지 않겠습니다!"

"뭘 또 존엄씩이나……."

"……."

"…앞으로 나대지 말도록!"

"예, 옙!"

갈소옥이 적극적인 자세로 대답하고 천천히 신형을 일으켜 세웠다. 어느 정도 시간이 지나자 이현에게 눌려서 쪼그라들었던 몸에 활력이 생겨났다.

그때 종남산으로 향하는 길목 쪽으로 일단의 사람들이 모습을 드러냈다.

대략 십여 명가량?

하나같이 경공술을 펼치며 달려오고 있는 것으로 보아, 무림인들로 구성된 무리들이 분명했다.

'저들은…….'

갈소옥이 자신의 흐트러진 옷차림에 신경 쓰며 신형을 날려오고 있는 무림인들을 바라봤다.

그들 중 상당수가 이류 수준을 간신히 밑도는 수준의 무위를 지녔으나, 최선두에 선 세 명의 장년 무인의 경공술은 제법 쓸

만했다. 경공술의 속도로만 보면 적어도 무림에서 당당하게 이름을 내세울 정도인 일류 수준의 무위를 지녔다는 걸 알 수 있었다.

이현이 그녀보다 조금 늦게 무림인들의 등장을 알아채곤 눈살을 가볍게 찌푸려 보였다.

"종남의 속가에 속한 자들인가?"

"…종남 속가라면?"

"뭐, 종남파 속가제자들이 만든 표국이나 문파, 무관에 속한 자들을 말하는 거지. 그런데 한두 속가가 모인 게 아닌 것 같은데?"

"그런 것도 아실 수 있는 겁니까? 소첩이 보기엔 다 비슷비슷해 보이는데요?"

"선두에서 달려오는 3인 모두 종남파의 잠영보를 바탕으로 한 경공술을 펼치고 있으니까 다 비슷비슷해 보이는 건 사실이야. 하지만 3인 모두 각기 다른 부분에서 잠영보를 펼치는 데 미세하지만 중대한 결함들이 있거든."

"미세하지만 중대한 결함이요?"

"그래, 사형들이 속가제자들한테 완벽하지 않은 무공을 가르치는 버릇은 아주 유서가 깊었던 것이겠지. 어쩌면 더 윗대부터 그랬는지도 모르겠고 말이야."

이현이 얼굴에 한심함을 담고서 나직하게 중얼거린 후 돌멩이를 하나 집어서 무림인들에게 던졌다.

휘익!

이현이 집어 던진 돌멩이는 적당한 포물선을 그리며 날아가 무림인들의 앞에 떨어졌다. 그들 중 선두에 있던 세 사람이 곧바로 반응을 보였다.

쉭! 스슥! 슉!

선두의 3인은 빠르게 내달리던 발걸음을 멈추더니 재빨리 사방으로 흩어졌다. 그리고 각자 문파 고유의 신호를 발하자 십여 명의 무인들이 곧바로 뒤따랐다. 역시 이현의 예상대로 이 종남파 속가로 보이는 한 무리의 무림인들은 한 문파 소속이 아니었던 것이다.

이현이 품(品) 자 형을 이룬 3인의 장년 무인을 훑어본 후 그중 중앙에 선 청포 검객에게 시선을 고정시켰다. 그가 선두의 3인 중 미세하게나마 가장 무공이 강한 자임을 눈치챘기 때문이다.

"이곳이 종남파의 영역임은 잘 알 터! 어디에서 온 자들인지 정체를 밝히시게!"

"형장은 누구시기에……."

3인 중 좌측에 서 있던 백의 검객이 버럭 소리치다가 입을 다물었다. 청포 검객이 손을 들어서 제지하자 반대편에 있던 흑포 무인이 얼른 눈치를 줘서 뒤로 물러서게 되었다. 형세를 보아하니 3인 중 백의 검객이 가장 처지는 축임이 분명했다.

슉!

청포 검객이 앞으로 나서서 이현에게 공수를 해 보였다.

"본인은 청마표국을 맡고 있는 삼보칠살검 안송이라 하외다. 함께하고 있는 분들은 청송 백가장의 장주인 백장천 형과 백검무관의 관주인 연철진 형이니, 부디 귀하의 존성대명에 대해 말해주시기 바라겠소이다."

'청마표국의 삼보칠살검 안송과 청송 백가장의 백장천, 백검무관의 관주 연철진이라……'

이현은 눈앞에 선 3인의 소개를 듣고서 내심 눈을 빛냈다. 청마표국은 섬서성의 북쪽에서 제법 이름 높은 일류 표국이고, 삼보칠살검 안송 역시 종남 속가 중 손꼽히는 고수였다. 경공술은 비록 별로지만 삼보칠살검이란 무명을 가진 자답게 그동안 꽤나 많은 사파와 녹림의 고수들을 무찌른 백전노장이라 할 수 있었다.

마찬가지로 청송 백가장의 백장천이나 백검무관의 연철진 역시 그다지 하수는 아니었다. 종남파 속가 중에서는 상위에 속한 세력의 주인들로 작은 지역 내의 패주 노릇을 하기에 부족함이 없는 강자라 할 수 있었다.

당연히 이런 작은 지역 내 강자들이 한꺼번에 종남파에 몰려올 만한 일은 그리 많지 않다.

강제적으로 오게 하려면 현 종남파의 장문인인 천하무극검 원청진인의 장문령이 떨어져야만 가능할 법한 일이었다. 화산파에서 벌어지기로 했던 비검비선대회가 본래대로 개최되었다면 자발적으로 달려왔을 테지만 말이다.

"…본래 종남 속가의 형제들이셨구려. 이거 실례했소. 나는 이현이라 하오."

"이현!"

"서, 설마 마검협!"

"이런 곳에서 마검협을 만날 줄이야!"

안송이 놀라서 소리치자 백장천과 연철진 역시 침음 섞인 탄성을 발했다. 종남파의 초입도 들어서기 전에 출종남천하마검행의 당사자인 마검협 이현과 조우하리라곤 상상조차 못했던 것이리라.

슉! 스슉! 슉!

안송, 백장천, 연철진이 거의 동시에 신형을 날려서 이현에게 달려왔다. 조금이라도 빨리 이현이란 존재에게 가까이 다가가 당대 종남파를 대표하는 마검협을 똑똑하게 확인하고 싶다는 의지를 강렬하게 드러낸 것이다.

그러나 바로 그때였다.

스파앗!

거의 동시에 이현의 바로 지척까지 도달했던 3인을 향해 차가운 살기가 뻗어 나갔다. 그들의 격하고 갑작스러운 반응을 보고 갈소옥이 앞으로 나선 것과 동시의 일이다.

"으헉!"

"헉!"

"으으!"

안송, 백장천, 연철진이 연달아 신음을 발했다. 이현을 향해 달려들던 동작 역시 중간에 멈추고 말았다. 그들 중 누구도 갈소옥이 발출한 살기를 견뎌낼 수 있는 자가 없었기 때문이다.

갈소옥이 눈매를 샐쭉하게 만들었다.

'정말 쓸데없는 놈들이로구나! 얼굴이 잘생긴 것도 아니고, 몸이 비실비실한 게 영 글러먹었어! 어맛!'

안송, 백장천, 연철진을 빠르게 눈으로 훑고 있던 갈소옥이 곧바로 겁에 질린 표정이 되었다. 이현의 표정이 뒤늦게 변한 걸 보고 자신이 또 주제넘은 짓을 벌였다는 생각이 들었다.

"죄, 죄송……."

"뒤로 물러나 있어."

"…예."

갈소옥이 얼른 고개를 숙인 채 뒤로 물러나자 이현이 석상처럼 굳이 있던 3인에게 손을 슬쩍 휘저었다. 그러자 거짓말처럼 변하는 대기의 흐름!

움찔! 움찔! 움찔!

안송, 백장천, 연철진은 비로소 갈소옥의 살기로부터 자유를 찾고 복잡한 표정이 되었다. 그들 모두가 방금 전 자신들을 옭아매었던 살기를 발한 자를 이현이라 생각하고 있었기 때문이다.

'굳이 변명할 필요는 없겠지.'

이현이 내심 중얼거린 후 안송에게 말했다.

"안 표국주께 묻겠소."

"아, 예……."

"내가 알기로 청마표국, 청송 백가장, 백검무관은 모두 종남파의 속가 문파들인데, 어째서 함께하고 계신 것이오? 그리고 속가 문파가 3개나 모인 것치고는 함께하고 있는 숫자가 너무 적은 거 아니오?"

"…혹시 이 대협께서는 종남파에서 나오신 게 아니셨습니까?"

"잠시 일이 있어서 무림에 나왔다가 지금 막 상천태허궁으로 복귀하던 중이었소."

"그러셨군요!"

그럼 그렇지 하는 표정과 함께 안송이 조심스럽게 주변을 살핀 후 말을 이었다.

"그럼 이 대협께서는 장문인께서 내린 장문령에 대해서 모르고 계시겠군요?"

'역시 장문 사형이 장문령을 내린 것인가!'

이현이 표정을 슬쩍 굳혔다.

"그럼 안 표국주와 다른 분들 모두가 장문령에 의한 소집령을 받아서 상천태허궁으로 향하고 있던 것이란 말이오?"

"그렇습니다. 물론 그렇지 않은 분도 계시지만요."

"그렇지 않은 분?"

이현이 의문을 표하자 백장천이 얼른 나서서 비분 어린 목소리로 소리쳤다.

"이 대협, 우리 청송 백가장의 원한을 갚아주십시오!"

"그건 무슨 말이오?"

"청송 백가장은 얼마 전 일단의 복면 악도들에 의해서 가문 전체가 몰살에 가까운 피해를 당했소이다! 그들은 백가장의 식술은 물론이거니와 사업과 관련된 자들까지 모조리 색출해서 학살극을 벌였소이다! 크흐흐흑!"

백장천이 결국 눈물까지 쏟아내자 안송과 연철진이 얼른 위로했다. 그들은 익히 청송 백가장이 당한 참사를 알고 있었으나 다시 그 같은 일을 듣자 뜨거운 감정을 감추지 못하는 듯했다.

연철진이 이어 말했다.

"우리 백검무관 역시 백가장 정도는 아니나 상당한 피해를 당했소이다! 장문인의 장문령을 전해받은 후 문도들을 오십여 명이나 이끌고 나섰으나 중간에 복면 악도들의 공격을 당해서 대여섯 명밖엔 살아남지 못했소이다! 그리고 그 악도들은 이 모든 것이 마검협 이 대협 때문이라고 했소이다! 이 점에 대해서 어찌 설명하시렵니까?"

"나 때문이라고 했다고?"

"그렇소이다! 우리 백가장을 공격했던 악도들 역시 그 같은 서찰을 남기고 사라졌소이다!"

"그건 청마표국 역시 마찬가지였소이다."

뒤늦게 안송이 거들 듯 말하자 이현의 눈이 서늘해졌다.

"청마표국도 복면 악도들에게 공격을 당한 것이오?"

"표국 자체가 공격을 당하진 않았으나 중요한 표물을 운행하던 표행 몇 개가 몰살당했소이다. 덕분에 청마표국의 십대 표두 중 다섯 명이 목숨을 잃어버렸소이다."

"그럼 청마표국 일행의 숫자가 적은 건 다른 두 곳과는 다른 이유 때문이겠구려?"

"부끄럽지만 그렇소이다. 현재 본 표국은 모든 표행을 포기하고 청마표국에서 적의 공격에 대비하고 있소이다. 이 점 양해를 부탁드리겠소이다."

안송이 백장천, 연철진에게 연달아 공수한 채 허리를 크게 숙여 보였다. 청마표국 역시 큰 피해를 입었으나 함께하는 두 사람, 백장천과 연철진에 비할 바는 못 되었기 때문이다.

그리고 그의 시선이 조금 공격적으로 변한 채 이현을 향했다. 자신들의 사정을 모두 전했으니 이제 이현이 답할 차례라고 생각하고 있음이 분명했다.

'처음에는 화산파를 봉문시키고, 이어 북궁세가, 마지막으로 종남파라니! 정말 세상의 인심이나 판단은 가차가 없는 부분이 있구나! 뭐, 나도 처음부터 그렇게 생각했지만. 쳇!'

이현이 내심 혀를 차고 안색을 차갑게 굳혔다.

"여러분은 얼마 전 화산파가 봉문을 선포한 사실을 아실 것이오. 그리고 뒤이어 서패 북궁세가의 천풍신도왕 북궁인걸 가주가 사망했소이다."

"……"

"그런데 이젠 장문인께서 장문령을 발해서 종남파의 상천태허궁으로 본가와 속가 문도들을 모두 집결시키는 걸 방해하는 자들이 발생했구려."

"서, 설마 이 대협께서는 복면 악도들의 정체가 화산파를 봉문시키고, 북궁세가주를 사망에 이르게 한 자들과 동일하다고 생각하시는 것입니까?"

"그렇게 생각하는 게 아니라 그렇소이다!"

"그런!"

"으으음!"

"크으윽!"

이현의 단호한 대답을 들은 안송, 백장천, 연철진이 연달아 신음 섞인 장탄성을 터뜨렸다.

그럴 수밖에 없다.

화산파, 북궁세가, 종남파!

누구나 인정하는 섬서성을 대표하는 무림 세력이자 삼강이라할 수 있으나 서열 역시 분명했다. 천하제일인 운검진인을 배출한 이래 화산파는 암묵적인 구대문파의 대표였고, 북궁세가는천하제일세가였다. 종남파가 그들을 뛰어넘을 만한 부분이 전혀없다고 할 수 있었다.

그래서 은연중 종남파와 관계 깊은 속가 출신의 문파들은 그동안 섬서성에서 그리 좋은 대우를 받지 못했다. 화산파나 북궁세가와 관련 있는 문파나 세력에게 알게 모르게 여러 분야에서밀려나기 일쑤였다.

그런데 갑자기 화산파와 북궁세가가 횡액을 맞아버렸다.

참변이라 해도 과언이 아닐 만한 일이었다.

그리고 뒤를 이어 종남파로 그 같은 횡액이 몰려오고 있음을알게 되었다.

어찌 쉽사리 안송, 백장천, 연철진이 터뜨린 장탄성의 의미를파악할 수 있겠는가!

이현이 말을 이었다.

"그 같은 일을 알게 되었기에 나는 비밀리에 떠났던 비무행을끝내고 종남으로 돌아온 것이오."

"그럼 이 대협께서는 복면 악도들의 정체에 대해서 잘 알고 계시겠군요?"

"어느 정도는 알고 있소."

"누굽니까! 그 악도들의 정체가!"

"그건 일단 장문 사형을 만나서 고한 후 하명을 받아야만 할것 같소. 그 점, 양해해 주시겠소?"

이현의 이 같은 대응은 정중하고 상대에 대한 배려가 깃들어 있다는 점에서 과거와 사뭇 달랐다. 숭인학관에서 목연의 영향을 받아 글공부에 전념한 탓에 그는 무림을 공포에 떨게 했던 마검협과는 조금 다른 사람이 된 것이다.

안송이 백장천과 연철진을 돌아보고 이현에게 공수했다.

"이 대협께서 이렇게까지 말씀하시는데, 어찌 저희가 따르지 않을 수 있겠습니까? 저희들은 지금부터 이 대협의 명을 좇아서 상천태허궁까지 함께하겠습니다!"

"이 대협의 명을 따르겠소이다!"

"이 대협의 명을 따르겠소이다!"

안송의 말을 받아 백장천과 연철진이 얼른 이현에게 공수했다. 종남산에 도착하기도 전에 이현은 속가의 삼대세력을 손에 넣게 된 것이다.

\* \* \*

속가 삼대세력을 이끌면서 이현은 상천태허궁으로 향했다.

장문령의 영향 때문인지 상천태허궁으로 오르는 산길의 요소요소에는 무장한 종남파 제자들이 번을 서고 있었다. 3명에서 5명씩 검진을 형성한 채 아주 살기가 등등했다.

물론 이현에겐 귀여울 뿐이었다.

출종남천하마검행과 3년간의 면벽 수련, 1년간의 외유를 했다곤 하나 검진을 펼칠 수 있는 제자들은 최소한 삼대제자 이상이었다. 대사형 남운이 그동안 이현에게 아주 많은 귀여움(?)을 당했던 세월을 모두 함께해 왔다고 할 수 있었다. 즉, 남운에 버금갈 정도로 이현에게 충분히 당해온 것이다.

"헉!"

"으헉!"

"허어억!"

이현이 반갑게 손을 흔들어 보이자 삼대제자들은 일제히 경기를 일으키고 곧장 상천태허궁으로 급보를 날렸다. 적이 급습한 것에 준하는 봉화를 올리는 데 주저함이 없었다. 그들 중 누구도 조사동에 처박혀서 폐관수련에 열중하고 있다던 이현이 1년 전 몰래 종남산 밖으로 빠져나간 사실에 대해 모르고 있었음이 분명했다.

그들의 주변으로 삼대제자 수십 명이 달라붙은 채 호위 아닌 호위를 자처했다. 하나같이 검을 뽑아 들고 아주 긴장한 채로 말이다.

덕분에 이현 일행은 귀빈 취급을 받으며 상천태허궁에 도달하게 되었다.

이현에게 안송이 다가와 조심스럽게 말했다.

"이 대협, 어째서인지 종남파 검협들의 경계심이 무척 극심한 듯합니다만?"

"그런가요?"

"예, 그런 것 같습니다. 제가 상천태허궁을 방문한 게 적어도 5번은 넘는데, 이렇게 경계가 삼엄한 건 처음인 듯합니다."

"그만큼 현 상황이 심각하단 뜻이겠지요."

"으음……."

안송이 다소 무심한 이현의 대답에 신음과 함께 입을 다물었다. 그에게서 종남파 삼대제자들의 특이점이 온 경계심의 원인을 알아낼 방도가 없다는 판단을 내린 것이다.

그때 상천태허궁 안에서 종남 팔대장로 중 2명인 원상도장과 원진도장이 모습을 드러냈다. 그들 중 원상도장은 장문인 천하무극검 원청진인의 바로 아래 사제로서 종남파 서열 2위이자 대장로였다. 장문인이 부재 시에는 종남파를 이끄는 위치라 할 수 있는 것이다.

"정말 막내 사제로구나!"

이현이 원상도장과 원진도장에게 공수하고 의아한 표정으로 말했다.

"이사형, 혹시 장문 사형께 문제라도 생기신 겁니까?"

"일단 무장부터 해제하게나!"

"……."

이현이 뭐라고 얘기하기도 전에 원진도장이 움직였다. 원상도장이 이현에게 말을 거는 사이 잠영보를 이용해서 뒤로 돌아들어 간 것이다.

"감히!"

갈소옥이 냉갈과 함께 원진도장에게 손을 쓰려다가 흠칫 놀란 표정이 되었다. 어느새 그녀의 단전이 위치한 기해혈이 단단히 봉쇄되어 있었다. 이현의 내공진기를 뛰어넘는 불가사의한 기력이 미리 그녀의 행동을 막아버렸음이 분명하다.

'어째서?'

'가만있어!'

이현이 눈짓으로 갈소옥의 의문에 찬 표정을 찍어 누른 후 수중의 청명보검을 원상도장에게 내밀었다.

"어차피 사문에게 받은 보검이니, 달라시면 드려야지요."

"고맙다."

원상도장이 청명보검을 받아들며 미미하게 고개를 끄덕여 보였다. 혹시 이현이 반항을 보였다면 원진도장과 함께 합공을 할 생각이었으나 크게 자신은 없었다. 그가 아는 이현의 무위는 적어도 팔대장로 모두가 합공을 해야만 승리를 장담할 수 있을 터였기 때문이다.

이현 역시 그 같은 점을 알고 있었다.

"이사형, 그럼 장문 사형께 안내해 주십시오. 만약 걱정이 되신다면 제 내공을 봉맥하셔도 상관없습니다."

"그래도 되겠는가?"

"물론입니다."

이현이 태연하게 대답한 후 양손을 늘어뜨리자 원상도장이 잠시 고민하다 재빨리 그의 기해혈을 점혈했다. 기의 근원인 기해혈을 봉인하여 이현이 단전에서 진기를 끌어올리지 못하게 만든 것이다.

그러자 뒤에서 검을 빼든 채 긴장하고 있던 원진도장이 비로소 크게 한숨을 내쉬었다.

"하아! 어쩌다가 종남이 이런 꼴이 되었더란 말인가!"

'도대체 무슨 일이 벌어졌기에……'

'어째서 종남파의 장로들이 마검협을 이리 대한단 말인가?'

'이거 자칫 잘못하면 고래 싸움에 새우 등 터지는 거 아닌가?'

갑작스럽게 벌어진 이현의 구속에 안송, 백장천, 연철진은 심각한 표정이 되었다. 상천태허궁에 도착하자마자 벌어진 일에 적지 않은 충격을 받았기 때문이다.

그러자 원진도장이 나직한 도호성과 함께 말했다.

"무량수불! 속가의 도우님들은 지금부터 빈도를 따라 오시게! 쉴 곳을 마련해 줄 터인즉!"

"아, 예!"

"예, 알겠습니다."

"그리하겠습니다."

안송, 백장천, 연철진이 황급히 고개를 끄덕여 보였다. 속가에 속한 그들로서는 종남파 내부의 심각한 문제에 끼어들 능력이나 명분이 없었다. 세 사람 모두 지난바 무공보다 강호에서의 역량이 더 뛰어난 터라 눈치 없이 이현의 편을 들 생각 따윈 하지 않았다.

'그들을 따라가서 잠시 대기하도록 해!'

이현이 던진 눈짓을 바로 눈치챈 갈소옥이 얼른 3인의 뒤를 따랐다. 다른 속가 문파의 제자들 사이로 슬그머니 끼어들었기에 종남파의 제자들 중 누구도 그녀가 이현과 관계있는 사람인 걸 짐작하지 못했다.

그렇게 주변 정리가 끝나자 원상도장이 이현에게 말했다.

"막내 사제, 날 따라오게나."

"예."

이현이 담담하게 대답하고 원상도장의 뒤를 따랐다.

잠시 후.

원상도장을 따라서 이현이 도착한 곳은 상천태허궁의 무수히 많은 도관들 중 하나인 태청관이었다. 도교의 가장 큰 신 중 하나인 태상노군(太上老君)을 모시는 사당으로 평상시엔 팔대장로 중 다섯째인 원호도장이 기거하는 장소였다.

'그런데 원호 사형은 보이질 않는군. 설마 팔대장로 중 2명을 제외하곤 다 행방불명 상태인 건 아닐 테지?'

이현의 속내와 달리 충분히 가능한 일이었다.

본래 막내 사제인 이현의 무위를 누구보다 잘 아는 사형들이었다. 만약 이번같이 이현을 무력으로 제압할 작정이었다면 팔대장로 중 단 두 명만이 모습을 드러냈을 리 만무했다. 적어도 5, 6명 정도는 나와야 계산이 될 터였다.

그래서 이현은 일부러 원상도장에게 제압당한 후 줄곧 의념을 집중하고 있었다. 단전이 폐쇄된 상태라 해도 의념은 여전히 사용할 수 있었기에 다른 팔대장로와 장문인 원청진인의 위치를 탐문했던 것이다.

그러나 상천태허궁의 내궁에 들어서 태청관에 이르기까지 이현은 그들의 행방을 알아낼 수 없었다. 하나하나가 아주 거대한 기운을 지니고 있는 그들이다. 하지만 그들로 추정되는 기운은 단 하나도 포착이 되지 않았다.

대신!

'여기 태청관에는 훨씬 커다란 기운이 하나 도사리고 있군. 적어도 사형들 것의 두 배쯤은 될 만한 기운이 말이야. 만약 장문 사형이나 원광 사형이 기연 같은 걸 얻은 게 아니라면… 오늘 나

는 상천태허궁을 한바탕 뒤집어 놓을 수밖에 없겠군.'

이현이 내심 눈을 차갑게 가라앉혔을 때였다.

태청관 앞에 이르러 잠시 머뭇거리던 원상도장이 나직한 목소리로 고했다.

"사숙님, 명하신 대로 원상이 막내 사제를 데리고 태청관에 왔습니다!"

'사숙… 님?'

이현의 차갑게 가라앉아 있던 눈이 가볍게 찡그려졌다. 종남파에 현재 원상도장에게 그런 호칭으로 불릴 만한 사람이 없음을 알고 있었기 때문이다.

그도 그럴 것이 과거 청성파는 천하 무림을 뒤집어놨던 구마련과 대종교의 난을 연이어 겪으며 문파의 세가 크게 쇠락했다. 무수히 많은 선배 고수들이 목숨을 잃었고, 특히 현 원 자 항렬의 윗대인 풍 자 항렬의 피해가 극심했다. 이현이 종남파에 입문했을 때 이미 종남파에 남은 풍 자 항렬은 사부이자 장문인인 풍현진인밖엔 없었던 것이다.

당연히 이현은 여태까지 사숙이란 말을 입에 담아본 적이 없었다. 사부 풍현진인이 사망한 이후, 장문 사형인 원청진인조차 이제 자신이 종남파의 대통을 이어받은 최고의 항렬임을 분명히 했었다.

그런데 갑자기 사숙이라니! 이런 일이 일어날 수 있단 말인가?

이현이 의아한 표정을 지어 보인 것과 동시였다.

쿠쿠쿠쿠쿠!

고요하던 태청관 안쪽에서 강대한 내력의 파장이 일어나더니,

곧 안에서 한 명의 노도사가 모습을 드러냈다.

시든 대파…….

이현이 노도사를 보고 느낀 첫 번째 감정이었다.

그만큼 노도사의 행색은 볼품이 없었는데, 겉에 걸친 도복은 수백 군데나 기운 자국이 있는 누더기였고, 파뿌리같이 센 머리와 수염은 누런 때가 덕지덕지 묻어 있었다. 사실 도사라기보다는 한 명의 늙은 거지라고 함이 더 어울리는 듯한 모양새였다.

그러나 이현은 곧 노도사의 눈에 담겨 있는 정명한 기운에 집중했다.

'최소한 초절정급의 내공 수위로군! 그것도 사마외도와는 무관한 명문정종의 내공을 익히고 있어… 정말 사숙인 건가?'

이현이 내심 노도사를 살피고 있을 때 그가 원상도장을 향해 귀찮다는 듯 손을 휘휘 저어 보였다. 자신의 시야를 가리지 말고 옆으로 물러나라는 뜻.

"무량수불!"

원상도장이 도호와 함께 옆으로 물러났다. 그러자 노도사가 이현을 향해 고개를 쑤욱 내밀어 보이더니, 가래가 끓는 듯 탁한 목소리로 말했다.

"어째서 내공이 한 점도 느껴지지 않는 것이냐?"

원상도장이 얼른 말했다.

"제가 손을 써서 막내 사제의 단전을 폐쇄했습니다!"

"왜?"

"그, 그것은…….”

원상도장이 당황해서 말을 더듬자 노도사가 고개를 가로저어 보였다.

"됐다! 네놈 따위한테 질문을 해봤자 무슨 소용이 있겠느냐? 썩 여기서 물러나거라!"

"…예, 알겠습니다!"

원상도장이 황급히 고개를 숙여 보이고 태청관에서 물러갔다. 이현 쪽을 살짝 곁눈질하는 시선에 참담한 기운이 잠시 어렸다가 사라졌다.

노도사가 그런 원상도장을 일별하며 혀를 끌끌 차고는 이현에게 고개를 까닥거렸다.

"안으로 들어가자꾸나!"

"그 전에……."

"응?"

"…제가 어떻게 호칭을 해야 하는 건지 묻고 싶습니다만?"

"호칭?"

"예, 제가 도사님을 사숙님이라 불러야 하는 건가요?"

이현의 담담한 대답에 노도사가 고개를 갸웃해 보이고는 히죽 웃어 보였다.

"클클, 얘기 들었던 것보다 꽤나 멀쩡한 놈이지 않느냐? 내 도호는 풍천이니라!"

'풍천? 종남무적검 풍천진인!'

이현이 내심 경악 어린 외침을 내뱉었다.

第四章

종남파에서 천하삼십육검의 맥은
그새 끊겨 버린 것인가?

종남무적검 풍천진인!

전대 종남파의 제일검이자 풍 자 항렬 중 최강의 검객으로, 천하삼십육검을 성명절기로 사용한 사람이었다. 당대 종남파 제일 고수인 이현조차 평상시 사용을 꺼려 했던 천하삼십육검을 주특기로 삼을 정도로 완성도 있게 익힌 초절정 검객인 것이다.

그러나 그런 풍천진인도 구마련과 대종교의 연이은 마겁을 피할 수는 없었다. 그는 종남파를 마도 세력으로부터 지키기 위해 분투하다 다른 풍 자 항렬 고수들과 함께 장렬하게 산화했다. 그 자신의 빼어난 무혼(武魂)을 종남파에 남긴 채로 말이다.

과거 이현은 사부 풍현진인이 종종 사제 풍천진인에 대해서 추모의 말을 하는 걸 들은 바 있었다. 특히 천하삼십육검을 전수할 때 풍현진인은 몇 번이나 한탄을 섞어 풍천진인을 언급하곤 했다. 그가 살아 있었다면 이현에게 확실하게 천하삼십육검을 전수할 수 있었을 거라며 아쉬워했던 것이다.

'그런데 그런 풍천 사숙이 살아 돌아왔다고?'

이현이 불신 가득한 표정으로 바라보자 자신을 전대 종남제일검 풍천진인이라 밝힌 노도사가 다시 입가에 미소를 매달았다.

"클클, 네 녀석도 날 의심하는 것이냐?"

"의심스럽습니다."

"그럼 뭘 망설이는 것이냐?"

"……."

"네가 당대 종남지검이라고 들었다. 어디 그 말을 들을 만한 능력이 되는지 내 확인해 보도록 하마!"

'크윽!'

이현은 느닷없이 풍천진인에게서 날아든 강렬한 기세에 내심 신음을 토했다.

단전이 폐쇄된 상황!

현재 그가 사용할 수 있는 건 근래 터득한 의념을 구체화시키는 무형지기 뿐이었다. 단지 그것만으로 북궁세가의 천무각에서 무수히 많은 고수들을 제압할 수 있었다. 전대의 마녀인 천향마녀 갈소옥으로 하여금 오줌을 지리게 만들었다.

그러나 이 기세!

풍천진인이 갑자기 일으킨 기세는 다름 아닌 무형지기였다. 그 역시 의념을 구체화시킬 수 있는 경지의 고수인 것이다.

당연히 여태까지와 같을 순 없다.

완전히 달랐다.

'다른가?'

이현이 단숨에 자신의 전신을 모조리 장악해 버린 풍천진인의 구체화된 무형지기에 눈살을 가볍게 찌푸려 보았다. 순간적으로 놀라긴 했으나 단지 그뿐이었다. 곧 그는 풍천진인의 의념이 자신의 것과는 다르다는 걸 깨달았다.

그리고 그 같은 깨달음과 동시였다.

슉!

갑자기 자신을 짓눌러 왔던 풍천진인의 무형지기의 장벽을 뚫은 이현이 단숨에 공간을 돌파했다.

스슉!

이어 그가 모습을 드러낸 건 풍천진인의 배후였다. 어느새 풍천진인의 무형지기를 돌파한 후 사각을 찔러 들어간 것이다. 그러자 이현의 바로 앞에 있던 풍천진인이 소매를 가볍게 떨쳐냈다.

파팟!

'웃!'

이현은 그 단순한 동작에 떠밀려서 뒤로 물러나야만 했다. 내공을 사용할 수 없는 몸인지라 풍천진인의 소매에 담긴 맹렬한 기세를 정면에서 받아낼 수 없었다.

빙글!

그러나 그때 이현이 신형을 회전시키며 풍천진인의 허리 어림을 걷어찼다.

회심퇴!

간략하게 허리를 노리는 듯하던 이현의 발끝이 연속적으로 변화를 보였다. 어느새 풍천진인의 소매가 다시 예의 기세를 일으키고 있었기 때문이다.

팍!

파팍!

한 번이 아니었다.

중간에서 한 차례 접힌 이현의 발끝이 빠르게 풍천진인의 상완(上腕)을 찍어버렸다. 소매를 휘두르는 근원을 때려서 정교한 초식의 흐름을 헝클어뜨리려는 의도!

당연히 이현은 거기에서 멈추지 않았다.

휘릭!

회심퇴의 공격이 성공한 것과 동시에 신형을 다시 회전시킨 이현의 어깨가 풍천진인에게 파고들었다.

철산고!

내공이 담기지 않았다 하나 이현이 몸 자체로 만들어낸 전사경이 담겨졌다. 발끝으로부터 시작된 작은 연결 동작들이 단숨에 작은 소용돌이를 만들어냈다. 그렇게 작은 폭탄의 위력에 버금가는 폭발력을 함유한 채 풍천진인에게 파고들었다.

쾅!

풍천진인이 신형을 휘청거렸다.

'먹혔다!'

이현이 내심 눈을 빛내며 다시 신형을 반대편으로 회전시켰다. 다시 온몸의 전사경을 상승시켜서 풍천진인에게 확실한 타격을 가하기 위함이었다.

그러나 그때였다.

스륵!

거짓말처럼 이현이 철산고를 먹이려는 찰나에 맞춰 신형을 뒤로 물린 풍천진인이 미미하게 고개를 끄덕여 보였다.

"과연……."

'과연?'

"…의념을 자연스럽게 다뤄서 구체화시킬 수 있는 단계로구나! 그런데 어째서 단전의 폐쇄를 허용한 것이지?"

"……."

"아하! 그렇게 마음을 놓게 한 후 뒤통수를 칠 생각을 하고 있었던 게로군?"

"……."

이현은 침묵 속에 의념을 조용히 집중시켰다.

목표는 풍천진인!

그에게 의념을 모아서 검형(劍形)으로 구체화시켰다. 그렇게 만들어낸 심검으로 단숨에 풍천진인을 베어버리려 했다. 몇 차례의 공방으로 확신을 갖게 되었기 때문이다.

'최선을 다하지 않으면 단숨에 패하고 만다!'

출종남천하마검행으로 다져진 승부사의 직감!

이현은 충실히 따르기로 했다.

그렇게 의념으로 만든 심검으로 풍천진인을 공격해 들어갔다.

스파앗!

상상을 초월하는 심검의 검형!

단숨에 풍천진인이 베어졌다. 오직 이현에게만 보이는 심검의 검형에 정확하게 몸이 두 토막으로 양단되었다. 분명 그렇게 보였다.

하나 다음 순간!

'실패했다!'

이현은 재빨리 심검을 거둬들였다. 분명 눈앞에서 양단되었던 풍천진인이 어느새 자신의 배후로 돌아들어 오고 있었다. 맨 처음 이현이 풍천진인에게 행했던 것과 똑같은 변화와 속도를 겸비한 채 말이다.

'망할!'

이현이 내심 욕설을 내뱉으며 의념을 심검에서 철의 방패로 바꿨다. 찰나나 다름없는 그 짧은 순간만에 최대한 의념을 모아서 자신의 몸에 철벽을 두른 것이다.

쾅!

귀가 멍멍할 정도의 굉음과 함께 이현이 신형을 휘청거렸다. 단숨에 사각을 노리며 파고들어 온 풍천진인의 일격을 의념의 방패로 막아내긴 했으나 충격이 작지 않았다. 그의 일격에는 무림 최상승의 내가중수법 중 하나인 격산타우의 묘리가 담겨져 있었기 때문이다.

그러나 이현은 목구멍에서 느껴지는 피 냄새를 삼키고 곧바로 신형을 이동시켰다.

앞으로 두 보!

오른쪽으로 다섯 보!

다시 뒤로 열다섯 보!

순간적으로 북두천강보(北斗天剛步)의 변화를 발휘한 이현의 몸이 일곱 개의 분영을 만들어냈다. 그는 구명절초로 몰래 숨겨 놨던 북두천강보의 묘리에 기대어서 풍천진인으로부터 벗어나려 한 것이다.

그때 풍천진인이 여유 넘치는 목소리로 말했다.

"북두천강보로구나! 그거 익히기 어려운 건데……."

'북두천강보도 알고 있구나!'

"…그런데 역시 내공이 부족한 게 흠이로구나! 변화가 약해!"

냉정한 품평과 함께였다.

스윽!

북두천강보가 만들어낸 이현의 분영들 속으로 풍천진인이 수장을 날렸다.

번쩍!

'검?'

이현은 북두천강보의 변화에 숨어 있던 자신의 실체를 노리며 곧바로 날아든 무형의 칼날에 이를 악물었다. 거짓말처럼 풍천진인이 펼친 의념의 칼날이 눈에 들어왔다. 아주 선명하고 분명하게 말이다.

푸확!

그래서 이현은 심검을 다시 일으켰고, 풍천진인의 의념의 칼날은 변화를 보이며 옆구리에 혈선을 그려냈다. 이현의 심검과 충돌하기 직전, 거짓말처럼 변화를 일으켜 옆구리 쪽에 상처를 새겨놓은 것이다.

"천… 하도사!"

"용케 알아보는구나! 혹시 네놈이 천하삼십육검을 익힌 것이더냐?"

"아직 실전에서 사용할 만한 정도는 아닙니다."

"홍, 역시 그렇군. 다른 녀석들도 마찬가지더구나. 종남파에서 천하삼십육검의 맥은 그새 끊겨 버린 것인지……."

"……."

"…그래서 말인데, 장문 사형이 총력을 다해 키웠다는 녀석의 수준이 고작 이것밖에 안 되는 것이냐? 만약 정말 이 정도 수준에 불과하다면, 그냥 여기서 네놈을 죽여 버리고 종남파는 내가 접수해야겠다!"

광오할 정도의 선언!

그러나 이현은 전혀 그런 생각이 들지 않았다.

눈앞의 거지꼴을 한 노도사!

자신을 전대 종남제일검 풍천진인이라 말한 그의 무공은 정말 대단했다. 내공을 잃어버리기 전의 이현이라 해도 절대 경시할 수 없을 정도의 종남 절학을 자유자재로 발휘하고 있었다. 사부 풍현진인보다 분명 뛰어나다는 걸 인정하지 않을 수 없었다.

게다가 놀랍게도 그는 의념을 다루는 데도 아주 능숙했다. 이미 무공의 경지가 무림에서 흔히 말하는 정점인 절대지경을 뛰어넘은 초월경에 이르렀음이 분명한 것이다.

그래서 이현은 골치가 아팠다.

내공을 사용할 수 없는 상태에서 근래 깨달은 의념을 통한 심검까지 쉽사리 간파해 내는 풍천진인은 강적이었다. 어떤 의미에서는 목원과 북궁휘의 몸을 빌려서 끊임없이 이현을 괴롭혔던 운검진인만큼 상대하기 어려운 점이 있었다. 이현이 알고 있는 모든 무공을 그 역시 자유자재로 다루고 능숙했기 때문이다.

'특히 천하삼십육검! 그게 문제다! 사부님께서 단언하시길 천하삼십육검만은 풍천 사숙이 더 완벽하게 익혔다고 하셨을 정도니까!'

내심 인상을 써 보인 이현이 입가에 한숨을 매달았다.

근래 정말 꼴이 말이 아니다.

몇 년간의 출종남천하마검행에서도 당한 적이 없었던 험한 꼴을 몇 번이나 경험하고 있었다. 운검진인과 북궁휘에게 얻어맞은 건 그렇다 치고 종남파에 돌아와선 죽었다고 알려졌던 사숙에게 아주 박살이 나고 있는 것이다.

'하지만 그래서야 내가 마검협이라 할 수 없지!'

이현이 내심 이를 악물었다.

치밀어 오르는 노화를 독기로 승화시켰다. 눈앞에서 종남파를 접수하겠다고 호언장담하고 있는 풍천진인에게 사부 풍현진인이 무시당하는 것만큼은 용납할 수 없었기 때문이다.

"종남파 접수가 그리 쉽지는 않을 겁니다."

"뭐라?"

"벌써 귀가 어두워진 겁니까? 그럼 제가 다시 똑똑히 말해드리죠! 사숙 마음대로 종남파 접수 따윈 할 수 없을 거라고 했습니다!"

"……."

풍천진인이 이현을 묘한 표정으로 바라봤다. 그리고 곧 봉두난발 사이로 드러난 한 쌍의 눈동자가 기묘한 기운을 담았다.

'신공 발현!'

이현이 내심 소리치며 의념을 집중시켰다.

방패?

아니다.

검!

바로 그가 얻은 최강의 병기인 심검의 발현이었다.

스파앗!

느닷없이 대기 사이로 떠오른 이현의 심검이 단숨에 풍천진인을 일도양단했다. 그와의 간격을 거짓말처럼 좁히며 나타나 번개 같은 속도로 몸을 잘라 버린 것이다.

그러나 다음 순간!

스으!

순간적으로 잠영보의 변화를 이형환위처럼 발휘한 풍천진인이 이현에게 수장을 휘둘렀다.

'벽운천강수?'

이현이 다시 심검을 움직였다. 그를 노리며 날아든 풍천진인의 벽운천강수의 변화를 사전에 잘라 버리려는 의도!

휘리릭!

그때 풍천진인의 벽운천강수가 변화했다.

새파랗게 빛나던 수강!

그 속에서 한 줄기 검기가 튀어나오더니, 극쾌의 속도로 이현의 심검과 충돌했다.

파팟!

심검이 흔들렸다.

풍천진인의 벽운천강수에서 튀어나온 검기가 심검에 못지않은 위력을 지녔다는 의미.

그리고 곧이어 검기가 변화했다.

파파파파팟!

'천하도쾌!'

역시 천하삼십육검이다.

그 종남파를 대표하는 검초에 이현이 다시 전신에서 피안개를 뿜어냈다.

검초의 변화를 알기에 재빨리 심검으로 방어했으나 늦었다. 지난번 천하도사 때처럼 조금 늦게 방어에 들어간 탓에 세 군데나 되는 검상을 입고 말았다.

얼마나 검기의 속도가 빨랐던지, 아릿한 통증은 한참 뒤에야 이현의 감각을 뒤흔들었다.

설사 방금 전의 검초에 목이 잘렸다 할지라도 이 정도의 시간 동안은 감각이 살아남았을 터였다.

'하지만 이건 예측 범위 안에 속할 뿐!'

이현이 내심 중얼거리며 심검을 다시 움직였다.

스파파팟!

그의 심검이 대천강검법을 만들어냈다.

그 극강의 검법으로 심검을 강화시킨 채 풍천진인에게 반격을 가했다. 그가 저번처럼 천하삼십육검을 펼치고 뒤로 물러나기 전에 확실하게 끝장을 보려 한 것이다.

그러자 풍천진인이 나직하게 탄성을 발했다.

"헐!"

이현은 거기서 그치지 않았다.

스스슥!

곧장 풍천진인과의 간격을 좁히며 심검을 집중시켰다.

천하도도!

그가 완성시킨 천하삼십육검의 검초!

그리고 세상의 어떤 사람에게도 절대 떨어지지 않는다고 자부하는 쾌검식이었다. 방금 전 두 차례에 걸쳐 초수를 나눈 것만으로 그는 풍천진인이 천하삼십육검을 펼칠 때의 버릇을 간파하는 데 성공한 것이다.

그래서였을까?

파팟!

앞서 두 차례의 공격 때와 달리 이현의 심검은 풍천진인의 허상을 베어내지 못했다.

이현이 자부심을 담아 펼친 천하도도의 검초는 풍천진인의 바로 앞에서 날카로운 충돌음을 일으켰다.

조금 전 벽운천강수에서 튀어나온 검기와 첫 번째 조우했을 때와 같은 현상이었다. 드디어 풍천진인의 실체를 공격하는 데 성공했다는 의미!

그러자 풍천진인이 의념의 검기로 이현의 심검을 밀어내면서 미미하게 고개를 끄덕여 보였다.

"괜찮은 천하도도로구나!"

"……."

"그럼 어디 다른 것도 사용할 수 있는지 볼까?"

'헉!'

천하도도가 가로막히자 재빨리 대천강검법의 강검으로 심검을 전환했던 이현이 내심 신음을 토해냈다. 갑자기 풍천진인의 검기에 담겨 있는 압력이 몇 배나 늘어나며 그의 심검을 빠르게 튕겨냈기 때문이다.

휘청!

덕분에 어쩔 수 없이 허물어진 몸의 균형!

스파앗!

그 찰나의 틈을 향해 풍천진인의 검기가 파고들었다. 이현의 전신을 독사처럼 훑으며 치명적인 사혈을 노린 채 맹렬하게 기세를 높였다.

'피할 수 없다!'

곧바로 사태 파악을 한 이현이 허물어진 몸의 균형을 더욱 가속화시켰다. 그렇게 함으로써 자신의 사혈로 곧바로 파고든 검기를 흘려냈다. 놀랍게도 의념으로 된 검기를 찰나의 판단력만으로 피해내는 데 성공한 것이다.

"헐!"

풍천진인이 탄성을 발했다. 이현의 상상을 초월하는 회피 능력에 경이감을 느낄 수밖에 없었으리라.

그도 그럴 것이 이현과 풍천진인!

두 전대와 당대의 종남파 제일고수가 펼친 공방은 전적으로 의념으로 된 무형지기! 즉, 절대지경을 뛰어넘는 초월경의 심무(心武)가 형태를 이룬 절세절학의 향연이었다. 일반적인 무림인이라면 눈앞에서 본다 해도 절대 이해할 수 없을 정도로 차원 높은 공방이라 할 수 있었다.

그런데 그런 초월경의 의념 검기를 이현은 몸의 균형이 완전히 무너진 상태에서 피해냈다. 그것도 찰나의 판단력만으로 말이다.

상상을 초월할 정도의 무재(武才)!

타고난 싸움의 재능!

풍천진인은 문득 사형 풍현진인이 부러웠다. 이런 무학의 천재를 제자로 키울 수 있었던 그의 말년은 얼마나 즐거웠을는지.

'애석하게도 내게는 그런 기회조차 없었구나!'

풍천진인은 내심 한탄하며 다시 의념의 검기를 일으켰다.

퍼퍽!

"크헉!"

이현이 바닥을 한 차례 굴러 신형을 일으키며 복부를 한 손으로 감쌌다.

손가락 사이로 진득하게 번져 나오는 핏물!

"천하성진을 그렇게 간단히 사용할 수 있는 겁니까?"

"원래 이렇게 사용하는 거다만?"

"그렇군요."

이현이 이를 악문 채 고개를 끄덕여 보였다.

'진짜로 천하성진을 이해한 것인가? 하지만 그렇다면 어째서 방금 전의 일격을 피해내지 못한 것이지?'

자신에 의해서 몸의 절반가량이 피투성이로 변한 이현을 풍천진인은 잠시 신기하다는 듯 바라봤다. 갑자기 한 가지 재밌는 생각이 들었다.

'설마……'

갑자기 불쑥 머리를 치켜든 의심!

이를 확인하기 위해 풍천진인이 이현의 전신 사혈을 모조리 노리고 있던 의념 검기를 거둬들였다.

슥!

"…혹시 네 녀석, 여태까지 전력을 다하지 않았던 것이냐?"

"……."

"헐! 정말 그랬던 것이더냐?"

어처구니없다는 듯 소리친 풍천진인이 갑자기 한 자루 보검을 꺼내 들었다. 겉에 걸치고 있던 누더기 속에서 그와 전혀 어울리지 않는 신기를 지닌 보검을 끄집어낸 것이다.

흠칫!

침묵 속에 풍천진인의 행동을 지켜보던 이현의 눈에 이채가 어렸다.

'저건 천룡보검이 아닌가? 어째서 모용 소저의 천룡보검을 풍천 사숙이 가지고 있는 것이지?'


천룡보검!


바로 강동제일미녀인 천룡검후 모용조경 소유의 신병이기로 본래 고소 모용가의 가전지보였다. 모용조경은 이 절세의 보검과 그 자신의 탁월한 무력 덕분에 강동에서 천룡검후라 불리며 패배를 모르는 절정고수로 행세했다.

하지만 그녀는 이현을 쫓아서 출전한 어전비무대회의 파양대전에서 전대의 거마인 한빙신마 단사령에게 암습을 당해 천룡보검을 빼앗기게 되었다.

그러니 현재 천룡보검은 한빙신마 단사령의 소유라 할 수 있었고, 그는 자신이 모시던 칠황야의 죽음과 함께 북경에서 자취를 감췄다.

여태까진 칠황야가 이끌던 반황제파와 합류하기 위해 남경 쪽으로 도주했을 거라 생각하고 있었다. 그 외에는 황제에게 반역을 꾀한 구족지멸의 죄를 지은 자가 갈 만한 곳이 없으리란 판단이었다.

'그런데 풍천 사숙의 손에 천룡보검이 있다니, 이건 어떻게 돌아가는 영문인지 모르겠구나!'

이현은 내심 고개를 흔들며 퉁명스럽게 말했다.

"그 검이 누구의 것인지 알고 계신 겁니까?"

"누구의 것인데? 아니, 그보다 지금 그게 중요한 것이냐?"

"중요하다고 생각합니다만?"

"헐!"

풍천진인이 크게 탄성을 발했다. 자신이 보검까지 꺼내 들었는데, 딴소리를 하는 이현의 담대함에 어이가 없는 기분을 느낀 것이다.

그러나 이현은 진지했다.

"다시 묻겠습니다. 그 검이 누구의 것인지 알고 계신 겁니까?"

"······."

"모르시는군요?"

"그게 문제가 되느냐?"

"큰 문제가 됩니다. 종남파가 멸문지화를 당할 수도 있으니까요."

"멸문지화?"

"예, 그래서 이젠 좀 진지해지도록 하겠습니다."

"뭐……?"

풍천진인이 입을 뗀 것과 동시였다.

슥!

이현이 한 손을 쭈욱 뻗어서 의념을 집중시켰다. 남에게 잠시 맡겨 놨던 자신의 것을 되찾아오기 위함이었다. 지금 당장에 말이다.


*            *            *


이현에게 회수한 청명보검을 들고 원상도장은 한참 동안 태청관 외곽을 서성이고 있었다.

이유는 자명하다.

그는 막내 사제 이현에 대한 죄책감과 책임감 때문에 이곳에 머물러 있었다.

풍천진인의 명으로 이현을 무장해제 시키고 태청관에 데려가긴 했으나 이건 그의 본의가 아니었다.

본래 사부 풍현진인에게 지나칠 정도로 총애를 받던 이현에게 다른 사형제들처럼 조금쯤 질투의 감정을 느끼긴 했으나 이번 일과는 완전히 무관했다.

오히려 그는 이현을 다시 만났을 때 살짝 기대했다. 그가 자신과 사제 원진도장의 합공을 이겨내고 태청관으로 달려가서 사숙 풍천진인으로부터 종남파를 구원해 주기를 말이다.

막내 사제 이현!

아니, 무림이 인정하는 종남제일고수 마검협 이현은 충분히 그만한 기대를 품게 하는 사람이었다. 지난 바 무공이나 평상시의 거칠 것 없는 성미 모두로 볼 때 그러했다.

하지만 곧 원상도장은 크게 실망했다.

그가 기감을 통해 확인한 이현의 현 상태는 최악이었다. 본래 지니고 있던 강맹한 내력이 크게 감소해서 미미한 정도만 느껴졌다. 몇 번에 걸쳐서 조심스럽게 확인해 봤으나 과거 마검협의 위용은 전혀 느껴지지 않았다.

그래도 혹시 몰라서 원상도장은 이현을 도발했다.

사부 풍현진인이 이현에게 물려진 전부라 해도 과언이 아닌 청명보검을 내달라는 말로 그를 시험한 것이다.

'하지만 막내 사제는 청명보검을 내주고, 단전까지 폐쇄하는 걸 허용했다. 과거 같으면 당장 검을 뽑아 들고 날뛰어댔을 터인데 말이야. 그러니 역시……'

원상도장은 내심 고민하다 고개를 가로저었다.

수구초심(首丘初心)!

여우가 죽기 직전에 머리를 자신이 살던 굴 쪽으로 돌리는 것과 같다는 생각이 들었다.

즉, 막내 사제 이현은 초인적이던 무공을 잃어버린 채 죽음을 앞두고 고향을 그리워하는 여우처럼 사문 종남파로 돌아온 것이다. 그렇게 밖엔 평소와 완연히 달라진 이현의 온후한 행동에 대한 설명이 있을 수 없었다. 이현에 대해서 알고 있는 사람이라면 누구나 이렇게 생각할 터였다.

그래서 원상도장은 이현을 태청관에 안내해 사숙 풍천진인에게 안내한 후 계속 마음이 불편했다.

다른 사형제들처럼 풍천진인이 이현을 제압하는 걸로 끝나지 않고, 살수를 쓴다면 어쩌나 하는 걱정이 계속 머릿속을 맴돌았다.

혹시 그런 일이 벌어진다면 사부 풍현진인을 볼 낯이 없었다. 어떻게든 이현의 시신이라도 온전히 거둬줘야겠다는 생각에 태청관을 떠나지 못하고 있었다.

그런데 바로 그때였다.

우웅!

갑자기 원상도장의 수중에 들려 있던 청명보검이 가벼운 진동을 일으켰다.

'무슨……?'

원상도장이 종남파를 대표하는 고수답게 재빨리 진동하고 있는 청명보검에 힘을 가했다. 내력을 일으켜서 청명보검이 요동치는 걸 막으려 한 것이다.

하나 그 순간 청명보검의 진동이 더욱 강렬해졌다.

"큭!"

그리고 원상도장의 입에서 신음이 튀어나온 것과 함께 청명보검이 그의 수중을 빠져나갔다. 원상도장의 시선이 종종 향하곤 하던 태청관으로 흡사 빛살 같은 속도로 날아가 버렸다. 마치 처음부터 그러기 위해 호시탐탐 기회를 보고 있었던 것처럼 말이다.

*        *        *

팟!

단숨에 공간 이동을 한 것처럼 허공을 가로질러 날아온 청명보검이 이현이 내민 손에 쥐어졌다.

의념의 힘이다.

원상도장에게 청명보검을 건네주며 이현은 자신의 의념 일부를 실처럼 연결시켜 놨다. 언제든 자신이 필요로 할 때 청명보검을 회수할 수 있게 만들어놨던 것이다.

바로 지금처럼!

"과연 그랬던 것이냐?"

"뭐, 그런 것이지요."

"얘기로 들었던 것과는 조금 다른 성격이로구나! 항상 지나칠 정도로 정면 돌파를 즐긴다고 들었거늘!"

"다 절 모르는 사람들이 하는 소리죠. 저는 정면 돌파를 즐기는 게 아니라 이기는 걸 좋아합니다."

"그럼 이젠 날 이길 자신이 선 것이냐?"

"그건 잘 모르겠고……."

"……."

"…일단은 이겨야 할 것 같습니다. 각오하십시오!"

이현이 문파 존장에 대한 마지막 예우로 미리 경고하고 곧바로 수중의 청명보검을 휘둘렀다. 미리 준비해 놓고 있었던 의념의 심검을 청명보검과 연결해서 풍천진인을 찔러 들어간 것이다. 여태까지와 달리 여력 따윈 전혀 남기지 않고 말이다.

　스파앗!

　풍천진인의 어깻죽지에서 핏물이 솟구쳤다. 그가 뒤늦게 천룡보검을 휘둘러서 방어에 나섰으나 속도가 미치지 못했다. 얼마 전에 경험했던 천하도도의 속도가 거의 3배나 빠르게 그의 요혈을 찔러 들어왔기 때문이다.

　당연히 그것만으로 끝일 리 없다.

　스슥!

　이현이 잠영보와 북두천강보를 섞으며 풍천진인의 품속으로 파고들었다.

　파파파파파팟!

　그와 함께 청명보검이 천하도도를 연속적으로 발휘했다.

　극히 단순한 동작!

　그러나 속도가 상상을 초월한다!

　의념의 경지에서 휘둘러지는 천하도도는 그 자체로 심검의 극치였다. 어떠한 방어 초식조차 단숨에 붕괴시킬 정도의 파괴력이 담겨져 있었다. 그게 설사 풍천진인이라 할지라도 말이다.

　'이건… 마검, 그 자체가 아닌가!'

　풍천진인이 내심 경악하며 재빨리 뒤로 신형을 날렸다.

　절륜의 신속 공격!

　이현이 마음먹고 펼친 의념의 천하도도에 맞설 방도가 없기에 후퇴를 선택했다. 최고의 속도로 이현과의 간격을 넓히면서 수중의 천룡보검을 빠르게 휘둘렀다.

한 번이 아니다.

단숨에 수십 차례!

그렇게 그의 천룡보검은 천하삼십육검의 모든 초식을 일순시켰다.

천하도도, 천하성산, 천하도사, 천하성진, 천하도패, 천하수조, 천하비사, 천하제탄!

천룡보검의 날카로운 검기에 의념을 둘러싼 상태로 천하삼십육검의 검막을 형성시켰다. 그렇게 하지 않고선 결코 이현의 연속적인 천하도도의 공격을 막아낼 수 없다는 판단을 내렸던 것이다.

그러자 연달아 벽력같은 검의 충돌이 일어났다.

한 호흡 만에 수십 차례!

그리고 다음 순간이었다.

스윽!

발끝으로 지축을 박찬 이현이 갑자기 뒤로 물러서고 있던 풍천진인의 머리 위에 모습을 드러냈다. 더 정확히 말하자면 풍천진인이 만든 검막의 범위 밖, 아슬아슬한 경계 지대로 신형을 띄워 올린 것이다.

파앗!

이현의 청명보검이 일도양단을 펼쳤다.

단순한 초식!

그러나 그 단순한 초식에 풍천진인의 검막은 박살 났다.

쩡!

쇠종이 깨지는 소리와 함께 풍천진인이 신형을 멈춰 세웠다. 어느새 그의 신형은 태청관 바로 앞까지 물러서 있었다. 용케도 벽에 부딪치기 전에 움직임을 멈춰 세웠다. 아니, 자의가 아닌 타의로 그렇게 된 것일까?

의문은 곧 풀렸다.

스슥!

풍천진인의 검막을 깨뜨린 이현의 청명보검이 쭈욱 늘어났다.

환상?

실체다!

그렇게 심검을 덧씌운 채 청명보검은 풍천진인을 찔러 들어갔다.

푹!

푸푹!

이번만큼은 풍천진인도 더 이상 피할 수 없었다. 이현이 검막을 깨뜨리며 그의 전신을 가늘고 길다란 의념의 실로 꽁꽁 묶어 버렸기 때문이다.

덕분에 삽시간에 피투성이가 된 풍천진인!

스륵!

천룡보검이 들려져 있던 풍천진인의 손이 밑으로 힘없이 떨궈졌다. 방금 전 이현의 공격에 오른손의 힘줄이 상처받아 천룡보검을 더 이상 휘두를 수 없는 상태가 되어버린 것이다. 그렇게 이현이 만들었다.

그런데 갑자기 피투성이로 변한 풍천진인에게서 피식 웃음이 번져 나왔다.

"천하삼십육검을 완성치 못했다고 하지 않았더냐?"

"천하도도만 완성했는데요?"

"그 거짓말, 정말이더냐?"

"예."

"헐헐! 그래서 천하도도만 펼쳤고, 평생 천하삼십육검을 연구했던 날 이 꼴로 만들어 버렸단 말이더냐?"

"피장파장이잖습니까? 저도 사숙만큼이나 잔뜩 칼을 맞았으니까요."

"하긴 네놈 꼴도 그다지 좋아 보이진 않는구나. 그래, 피장파장이라 하자꾸나."

순순히 이현의 말에 수긍한 풍천진인이 고개를 살짝 갸웃해 보였다.

"그런데 끝장을 내지 않고 뭘 하는 것이냐?"

"묻고 싶은 게 있어서요."

"말해보거라."

"정말 그 검의 주인이 누구인지 모르시는 겁니까?"

"그래, 모른다."

"……."

"하긴 내가 모르는 게 단지 그것만은 아니겠구나. 나는 사실 어떻게 죽었다가 다시 살아났는지도 모르고 있으니 말이다."

"예?"

이현이 황당한 표정을 짓자 풍천진인이 어깨를 가볍게 으쓱해 보였다.

"뭐, 네가 놀라는 것도 무리는 아닐 테지. 나 역시 깨어난 후 잠시 어리둥절했으니까. 그리고 놀랐지. 20년 만에 타인의 육체로 부활할 줄은 몰랐거든."

"하물며 타인의 육체로 부활하셨다고요?"

"당연하지! 본래 생전에 나는 탈속한 외모로 섬서성 인근에서 이름 높은 미남자였느니라. 이런 개방 거지 같은 모습이 진짜 나일 리 없지 않겠느냐?"

"그런데 잘도 사형들을 설득하실 수 있었군요?"

"설득이 어려웠지. 하지만 몇 대 두들겨 팼더니 곧 말을 잘 듣더구나."

'그랬던 건가!'

이현은 비로소 대충 종남파가 그동안 무슨 일을 겪었는지 깨닫고 내심 고개를 가로저었다.

20년 만에 타인의 몸으로 부활한 풍천진인에게 종남파의 고수들이 모두 두들겨 맞고 굴복했을 걸 생각하니 문득 입가로 웃음이 흘러나왔다.

자신을 속여서 조사동에 가뒀던 사형들이 풍천진인에게 두들겨 맞는 모습을 보지 못한 게 무척 아쉬웠다.

'생각해 보니 정말 아쉽네. 하지만 지금 중요한 건 그런 게 아니지!'

내심 눈을 빛낸 이현이 말했다.

"그래서 장문 사형과 다른 사형들은 어찌하신 겁니까?"

"여러 군데 나눠서 가둬놨지. 두 놈만 빼고 말이야."

"그렇다는 건 다른 방수가 있다는 뜻이로군요?"

"무척 강한 자들이야. 그들도 나처럼 부활한 것 같은데, 하나같이 고수들이지. 아마 네 녀석 혼자서는 절대 그들을 모두 이길 수 없을 걸?"

'나 혼자서는 절대 못 이긴다라……'

이현이 문득 생각나는 바가 있어서 질문했다.

"…절 도와주시겠습니까?"

"날 이 꼴로 만들어 놓고 도와달라고?"

"예, 도와주십시오. 사숙님! 혹시 금제 같은 것에 걸려 있는 게 아니라면 말입니다."

"애석하게도 금제 같은 것에 걸려 있는데?"

"어떤 금제죠?"

"시킨 대로 명령에 따르지 않으면 당장 죽어버리더군. 부활을 시켰으니까 죽이는 것도 문제가 없는 걸 테지."

"아아……."

장탄성을 발하는 이현을 물끄러미 바라보던 풍천진인이 피식 웃어 보였다.

"하지만 나도 사실 그다지 삶에 미련이 많은 건 아니야."

"그럼?"

"도와주도록 하지. 단!"

第五章

두 개의 절세보검이 부딪쳐
공명을 일으키다

'쳇! 역시 조건이 있는 건가?'

이현이 내심 투덜거리자 풍천진인이 조금 진지해진 표정으로 말했다.

"진짜 네가 익힌 천하삼십육검을 보여줘야만 해. 그럴 수 있겠나?"

"진짜 천하삼십육검이라니 무슨……."

"방금 전 네가 사용한 천하도도는 종남파만의 것이 아니다. 변질되었어!"

"……."

"그리고 네 천하도도를 변질시킨 건 아마도 화산파의 무공이 분명할 터! 도대체 종남파 녀석이 화산파의 무공은 어떻게 익힌 것인지 말해보거라!"

'화산파의 무공?'

이현이 내심 의아한 표정을 짓다가 곧 깨달았다.

북궁휘로 왔던 운검진인! 그리고 북궁세가에서 그와 보냈던 나날!

평생 중 가장 치열했던 그 몇 달간은 이현의 무공의 관점을 완전히 바꾸어놓았다. 무공의 겉껍질. 그러니까 겉으로 드러난 형태에만 집착했던 과거를 단절시키고, 의념이라는 새로운 영역으로 첫발을 딛게 된 것이다.

덕분에 이현은 내공에 대한 집착에서 벗어났고, 심마에서 벗어났고, 종남파 무공의 원형에서 벗어날 수 있었다. 즉, 두터웠던 알을 깨고 완전히 새로운 신천지로 나아가게 되었다고 할 수 있겠다.

'그리고 날 그렇게 만든 건 전적으로 운검진인이었다. 그와 몇 달 동안 전력을 다해 비무를 한 끝에 의념의 세계로 나아갈 수 있었던 것이다. 그러니 내 천하도도에 화산파 무공의 영향이 새겨진 것도 무리는 아닌 건가?'

새로운 깨달음이다.

전혀 예상치 못한 관점이었다.

그래서 이현은 상당 시간 침묵을 지켰고, 풍천진인이 험상궂은 표정이 되었다.

"이 녀석! 그냥 찔러본 것인데, 진짜였던 것이냐?"

"뭘 찔러보고, 뭐가 진짜라는 겁니까?"

"진짜로 종남파를 배신하고 화산파에 붙었냐고 묻고 있는 것이다!"

"그럴 리가 있겠습니까! 다만……."

"다만?"

"…다만, 얼마 전 화산파의 절대고수와 상당 기간 절차탁마한 일이 있습니다. 그 당시에는 인지하지 못하고 있었는데, 상당 부분 제 무공에 영향을 받게 된 것 같습니다."

"그 화산파의 절대고수란 게 운검진인은 아닐 테지?"

"맞는데요."

"크악!"

풍천진인이 갑자기 괴성을 내지르며 이현에게 강렬한 살기를 뿜어냈다.

의념의 발현?

그런 것보다는 오히려 더 원초적인 기운이다.

마치 캄캄한 야밤에 산중을 헤매다 굶주린 대호와 맞닥뜨리게 된 것 같달까?

그같이 원초적인 살기를 풍천진인은 뿜어냈고, 이현은 태연하게 그걸 몸 밖으로 흘려보냈다.

그의 의념은 완성도에 있어서 풍천진인을 상당 부분 이상 능가하고 있었다.

이미 그와 생사대결까지 벌인 터라 이런 정도의 살기 따위에 놀랄 일은 없었다.

그러자 풍천진인이 천천히 살기를 누그러뜨렸다. 이런 식으로 화를 내봤자 이현에겐 씨도 먹히지 않는다는 걸 뒤늦게 깨달았기 때문이다.

"괴물 같은 놈!"

이현이 그제야 질문했다.

"운검진인과 은원이 있었던 것입니까?"

"내가 어쩌다가 죽었다고 생각하는 것이냐?"

"설마 운검진인에게……."

"같은 정파끼리 그럴 리야 있겠느냐!"

"…그럼?"

"말하자면 악연이지. 그자의 꾐에 빠져서 장성을 넘었다가 죽어버렸으니 말이야."

"장성을 넘었다면… 설마 대막으로 마신을 찾아가셨던 겁니까?"

"확실한 건 아니다."

"예?"

이현이 어이없다는 듯 바라보자 풍천진인이 어깨를 가볍게 으쓱해 보였다.

"그렇게 보지 말거라. 나, 부활한 지 얼마 되지도 않았다. 아직도 머릿속이 헝클어진 실타래 같단 말이다. 내가 어쩌다가 죽었는지에 대해서 꽤 오랫동안 고민해 봤지만 여태까지 기억해 낸건 그다지 많지 않구나."

"그렇군요."

이현이 미미하게 고개를 끄덕이고 청명보검에 찔려서 축 늘어져 있는 풍천진인의 오른팔을 바라봤다. 그가 현 상태에서 검을 들 수 있을지 궁금했기 때문이다.

그러자 풍천진인이 씩 웃어 보였다.

"팔이라면 걱정 말거라."

"어……."

이현이 놀라 입을 가볍게 벌렸다. 어느새 풍천진인의 축 늘어져 있던 팔이 시원스럽게 돌려지고 있었다. 마치 처음부터 부상 따윈 당한 적이 없었던 것처럼 말이다.

풍천진인이 태연하게 말했다.

"평범한 부활의 후유증이니라."

"후유증이요?"

"그래, 어떤 부상을 당해도 곧 아물어 버리는 괴물이 되어버렸달까?"

"……."

"암튼 좀 그런 몸이 되었다. 그리고 그건 아마 앞으로 네놈이 상대해야 할 녀석들 역시 마찬가지일 것이다."

"그럼… 처음부터 목을 노려야겠군요?"

"머리 좋구나!"

"그런 종류의 괴물들과 싸워본 적이 있습니다."

"어쩐지 내가 부활했다고 해도 그다지 놀라지 않더라니……."

미미하게 고개를 끄덕여 보인 풍천진인이 팔 돌리기를 끝내고 수중의 천룡보검으로 이현의 청명보검을 건드렸다.

지잉!

두 개의 절세보검이 부딪치자 공명이 인다. 흡사 서로 영혼을 교류하는 것 같다.

풍천진인이 그 모습을 신기하다는 듯 바라보다 이현에게 눈짓과 함께 말했다.

"그럼 가볼까?"

"잘 부탁드리겠습니다."

이현이 풍천진인에게 살짝 고개를 숙여 보였다.


\*　　　　　\*　　　　　\*


꿈틀!

소청관에 가부좌를 틀고 앉은 채 명상에 잠겨 있던 칠 척 거한이 갑자기 미간 사이에 주름을 만들어냈다.

'이 기운은……'

칠 척 거한은 눈을 떴고, 곧 가부좌를 풀고 벌떡 일어섰다. 자신이 있는 소청관을 향해 맹렬하게 다가들고 있는 두 개의 강력한 기운을 감지했기 때문이다.

도대체 무슨 일이 벌어진 것일까?

'종남파 말코 녀석들이 반란이라도 일으켰단 말인가? 하지만 그 말코 녀석들은 현재 풍천 말코 놈한테 완전히 제압당해서 꼼짝도 못하고 있을 텐데… 그리고 무엇보다 이 정도 강력한 기운을 가진 말코 놈을 풍천 말코 외에 종남파에서 본 적이 없었다!'

몇 가지 생각 끝에 칠 척 거한은 명쾌한 답을 내렸다. 현재 자신이 있는 소청관으로 다가들고 있는 두 개의 강력한 기운의 정체는 외부에서 침범한 자들이라고 말이다.

그렇다면 그들의 목표는 무엇일까?

문득 칠 척 거한의 입가에 흐릿한 미소가 매달렸다.

'천하무극검이 놈들의 목표겠군. 먼저 원청 그 말코 놈을 구출해 내야 종남과 말코 놈들을 제 놈들 마음대로 움직일 수 있을 테니까. 하지만 아주 큰 착각을 하고 있군. 이곳에 원청 말코 놈을 놔둔 건 처음부터 일종의 함정이었으니까 말이야.'

칠 척 거한의 생각대로다.


종남파 장문인 천하무극검 원청진인!


그는 현재 칠 척 거한이 기거하고 있는 소청관의 작은 방에 갇혀 있었다. 풍천진인에게 제압당한 후 칠 척 거한에게 넘겨져서 거의 보름이 넘도록 포로 생활 중이었다. 전신 혈도가 모조리 점혈된 채 말이다.

게다가 칠 척 거한은 혼자가 아니었다.

그가 기거하는 소청관의 양옆에는 운수관과 성천부가 있었고, 그곳에는 네 명의 동료가 있었다. 칠 척 거한이 원청진인을 감시하듯 장로 6명을 나눠서 포로로 삼고 있는 것이다.

즉, 이건 일종의 삼재진!

세 개의 도관은 완전하게 서로가 서로를 보완하는 관계였고, 칠 척 거한과 동료 네 명은 명백한 상생을 이루고 있었다. 외부에서 공격해 올 시 다섯 명 모두가 아주 빠르게 상황 파악과 대응을 병행할 수 있다는 뜻이었다.

그때 칠 척 거한의 예상대로 소청관으로 다가들던 두 개의 큰 기운이 갑자기 움직임을 멈췄다. 칠 척 거한과 마찬가지의 방식으로 그들의 접근을 눈치챈 동료들이 운수관과 성천부에서 뛰쳐나온 것이 분명했다.

*　　　　　*　　　　　*

"무, 무량수불!"

"으으으음……."

원상도장과 원진도장은 갑자기 운수관과 성천부에서 뛰쳐나온 네 명의 고수들을 바라보며 신음을 토해냈다.

철도비룡(鐵刀飛龍) 자천광!

천태일비류(天太一飛流) 곡광!

탁세복마(濁世伏魔)!

복호상인(伏虎上人)!

원상도장과 원진도장의 앞을 가로막아 선 고수들의 면면은 실로 놀라웠다. 하나하나가 전대와 현시대의 초절정급 고수들로 풍천진인과 비교해도 결코 떨어지지 않는 자들이었기 때문이다.

단! 그들 역시 풍천진인과 마찬가지로 죽었다가 다시 살아난 자들이었다.

아예 다른 사람의 육신으로 부활한 풍천진인과 달리 자신의 육신을 그대로 유지하고 있어서 더욱 무서웠다.

본래 지니고 있던 내공과 무력을 고스란히 발휘할 수 있는 데다 온몸이 금강불괴처럼 강했다. 웬만한 검기로는 그들의 몸에 상처 하나 제대로 입히기가 불가능할 정도인 것이다.

철도비룡 자천광이 원상도장과 원진도장을 번갈아 둘러보곤 이맛살을 찌푸렸다.

"어떻게 된 일이지?"

천태일비류 곡광이 얼른 말했다.

"우리가 속은 것 같은데?"

"속았다고? 어떻게?"

탁세복마가 의아한 표정으로 말하자 함께 서 있던 복호상인이 합장과 함께 불호를 외웠다.

"아미타불! 저들은 미끼였다는 걸세."

"미끼?"

"그렇다네. 빈승의 생각이 맞다면 저들에게 강력한 기운을 발산하게 조치한 자는 지금쯤 운수관과 성천부를 털고 있을 것일세."

"빌어먹을! 이 호랑말코 같은 놈들이 감히 나 탁세복마를 속여넘겼다는 것이냐!"

갑자기 버럭 노성을 터뜨린 탁세복마가 온몸 가득 혈기를 일으키더니, 대뜸 원상도장을 노리며 파고들었다. 그의 전신에서는 이미 한때 신강 일대에서 혈풍을 일으켰던 탁천개세마강이 맹렬하게 일어나고 있었다. 만약 탁세복마와 동급의 고수가 아니라면 이 한 차례의 살수에서 목숨을 부지하기 어려울 터였다.

"헉!"

원상도장이 놀라 숨을 들이키며 얼른 검을 뽑아서 탁세복마에게 맞서갔다.

그러자 원상도장의 전신에 자욱한 검기가 형성되었다. 그 자신이 평생에 걸쳐 익힌 유유무극검(幽幽無極劍)의 절초로 탁세복마의 탁천개세마강의 범위를 축소시키려 한 것이다.

그러나 원상도장은 곧 신음과 함께 뒤로 연신 물러섰다.

그가 전력을 다해 펼친 유유무극검의 검기는 탁세복마의 탁천개세마강에 맞부딪친 것과 동시에 깨져 버렸다. 흡사 봄날의 아지랑이처럼 제대로 된 위력조차 발휘하지 못하고 검기 자체가 사방으로 튕겨져 나갔다.

"사형!"

보다 못한 원진도장이 역시 검을 뽑아 들고 나섰다.

쉬익!

그의 천성쾌검(天星快劍)이 빠르게 대기를 갈랐다. 원상도장을 단 3초 만에 완전히 짓눌러 버린 탁세복마의 배후를 노리며 파고든 것이다.

그러자 얼른 원상도장에게서 물러나는 개세복마!

콰릉!

그리고 재빨리 신형을 이동시킨 개세복마의 수장에서 시뻘건 장력이 일어난 원진도장의 천성쾌검을 부러뜨렸다. 적수공권으로 날카로운 검기가 담긴 원진도장의 장검을 완전히 부숴 버렸다.

"크으윽!"

원진도장이 신음과 함께 뒤로 물러났다. 종남파의 팔장로 중 두 명이 개세복마 단 한 사람을 감당치 못하고 연달아 부상을 당했다.

그럼 다른 3인의 초절정고수들은?

그들은 잠시 개세복마와 원상도장, 원진도장의 싸움을 지켜보다 얼른 운수관과 성천부로 발걸음을 돌렸다.

어차피 그들이 보기에 원상과 원진, 두 장로가 합공한다 해도 개세복마를 이길 일은 없었다. 고작해야 시간을 조금 더 벌 수 있을 정도랄까?

두 장로가 최선을 다한다 해도 삼십 초나 오십 초만 더 지나면 개세복마의 손에 대패하고 말 터였다.

그러니 그들은 다시 운수관과 성천부로 돌아가서 확인해야 했다. 자천광이 의심하고, 복호상인이 맞장구친 일이 과연 사실인지에 대해서 말이다.

한데, 다음 순간!

가장 먼저 운수관으로 뛰어들었던 곡광이 피분수를 뿜어내며 뒤로 튕겨져 나왔다. 찰나의 순간 그의 전신은 피투성이로 변해 있었다. 몸에 족히 수십 개가 넘는 구멍이 뚫린 것 같았다.

"곡광!"

그리고 자천광이 신음에 가까운 목소리로 곡광을 부른 것과 동시였다.

서걱!

온몸에서 피를 뿜어내면서도 신형을 바로잡고 곧바로 반격에 나서려던 곡광의 목이 거짓말처럼 잘려 바닥에 떨어졌다. 그가 튕겨져 나왔던 운수관 안에서 번개처럼 날아온 찬연한 검광이 번뜩인 것과 동시에 벌어진 일이었다.

그럼 그 찬연한 검광의 정체는 무엇일까?

휘리릭!

곡광의 목을 자르고 공중에서 한 바퀴 회전을 보인 검광은 곧 한 사람의 수중에 돌아갔다.

천룡보검!

한때 천룡검후 모용조경의 가전지병이었던 이 보검이 현 주인인 풍천진인에게 회수된 것이다. 흡사 잃어버렸던 주인에게 돌아가는 애견처럼 말이다.

"풍천?"

자천광이 나직한 부르짖음과 함께 눈살을 찌푸렸다. 설마하니 자신들과 한패인 풍천진인이 배신을 할 줄은 몰랐기 때문이다.

그러나 풍천진인은 태연했다.

수중의 천룡보검을 한차례 까닥여 보인 그가 감정이 느껴지지 않는 목소리로 말했다.

"어차피 한 번 죽었던 몸이 아닌가? 덤으로 받은 삶에 크게 집착할 필요가 있겠는가?"

"덤으로 삶을 받은 건 우리뿐만은 아닐 텐데? 아니, 그보다 이런 짓을 저지른 이유가 뭔지 물어봐도 될까?"

"시간을 끌 생각이로군."

"……."

"하지만 그렇게 시간을 끌어봤자 소용없다네."

풍천진인이 담담한 대답과 함께 갑자기 수중의 천룡보검을 개세복마에게 날렸다.

스파앗!

순식간에 공간을 압축하며 날아간 검광!

막 원진도장의 머리를 장력으로 부수려던 개세복마의 팔이 절단되었다.

휘릭!

그리고 다시 한차례 공중에서 선회한 천룡보검은 여지없이 개세복마의 목을 날려 버렸다.

곡광이 풍천진인에게 어이없이 죽은 걸 인지하고 있던 개세복마였으나 속수무책으로 당할 수밖에 없었다. 원상과 원진 두 명의 종남파 장로들의 합공을 받던 중에 다시 천룡보검의 공격을 받았기 때문이다.

그러자 자천광이 움직임을 보였다.

스스스슥!

철도비룡이라는 무림명의 소유자답게 그의 손에는 어느새 한 자루 장도가 들려 있었고, 기습적인 공격에 들어간 움직임 역시 쾌속, 그 자체였다.

풍천진인이 개세복마를 이기어검으로 참살한 틈을 타서 생사를 가름하는 승부를 결정지으려는 의도!

하나 바로 그때였다.

푹! 푸푹!

막 풍천진인과의 간격을 일 장 이내로 좁혀 들어가고 있던 자천광의 신형이 휘청거렸다. 느닷없이 성천부에서 모습을 드러낸 이현의 청명보검에 어깨와 다리를 동시에 찔려 버린 것이다.

"큭!"

자천광이 나직한 신음을 흘리며 재빨리 수중의 철도를 이현에게 휘둘렀다. 성명절기인 철도폭류도파(鐵刀暴流刀波)를 펼쳐서 이현과 풍천진인으로부터 자신을 보호하려 했다.

파파파파파팟!

그러자 그의 철도가 찬연한 광채를 일으키며 폭발적으로 도강(刀罡)을 일으켰다.

단순한 도강이 아니다.

삽시간에 무수히 많이 만들어낸 도영(刀影) 속에 살초인 도강을 섞은 무서운 절초였다.

하나 그 순간 풍천진인의 손에 천룡보검이 돌아왔고, 이현은 철도폭류도파의 무수히 많은 도영 속으로 불쑥 파고들어 왔다.

'이런 말도 안 되는!'

픽!

내심 눈을 치켜 올리며 경악성을 발하던 자천광의 가슴이 쩌억 갈라졌다. 이현이 휘두른 청명보검이 어느새 가슴을 가르고 지나간 것이다. 그리고 다시 휘둘러진 청명보검!

푸푹!

가슴이 갈라진 상태에서도 반격을 가하려던 자천광의 복부와 다리에서 다시 피가 튀어올랐다.

처음과 달리 목적성을 띤 공격이다.

복부를 찔러서 내장을 휘저어 놓고, 다시 다리 쪽의 힘줄을 잘라 버렸다. 목숨이 아니라 제압이 목표였기 때문이다. 일단 완전한 제압하에 그에게 몇 가지 알아낼 게 있었다.

하나 그때 다시 풍천진인이 천룡보검을 날려서 바닥에 쓰러져 내리던 자천광의 목을 절단해 버렸다. 이현의 의도와 달리 그는 한때 동료였던 그가 고통받는 걸 보고 싶지 않았던 것이다.

"사숙!"

"왜?"

"그렇게 쉽게 죽여 버리면 안 되죠!"

"왜 안 되는데?"

"그거야……."

"그보다 복호상인은 어찌했더냐? 설마 철도비룡처럼 괴롭힌 건 아닐 테지?"

"…괴롭혔는데요."

"그는 정파의 인물이다."

"생전에 그랬겠죠. 지금은 그저 마도(魔道)의 술법으로 부활한 괴물에 불과합니다."

"나도 그 괴물이다만?"

"또한 종남파이기도 하죠."

"그 말에 내가 위안을 받아야 하는 것이냐?"

"받았으면 좋겠습니다."

"……."

풍천진인이 살짝 밉살맞다는 표정과 함께 시선을 소청관 쪽으로 던졌다. 운수관, 성천부와 함께 삼재의 한 방위를 점하고 있는 저 도관 안에 종남 장문인 원청진인이 포로로 붙잡혀 있었기 때문이다.

풍천진인이 말했다.

"그런데 조금 늦군."

"뭐가 늦다는 겁니까?"

"괴물이 등장하는 게."

"괴물?"

"좀 힘든 괴물이지. 여태까지 상대했던 자들과는 달리 말이야."

"……."

이현이 풍천진인의 말을 듣고 소청관을 바라봤다. 의념을 일으켜서 풍천진인이 말한 괴물의 정체에 대해서 확인해 보기 위함이었다.

그때 풍천진인이 원상도장을 돌아보며 말했다.

"너희들은 어서 포로로 잡혀 있는 녀석들을 구출하거라."

"도와드리지 않아도 되겠습니까?"

"그럴 필요가 있다고 보느냐?"

"그건……."

"괜히 싸움에 휘말려서 다치지나 말고 그냥 내 말대로 하거라."

"…예, 알겠습니다."

원상도장이 고개를 숙여 보이고 원진도장에게 눈짓해 보였다. 그러자 원진도장이 고개를 끄덕여 보였고 곧 두 사람은 각기 운수관과 성천부로 뛰어 들어갔다. 이미 개세복마를 합공하고도 힘거운 싸움을 벌였던 터라 이현과 풍천진인의 싸움에 끼어드는 게 주제넘은 일임을 깨달은 것이다.

그때 이현이 소청관에서 시선을 떼어내며 풍천진인에게 말했다.

"정말 좀 이상하군요. 소청관 내에서 장문 사형의 기밖에는 확인이 되지 않습니다."

"역시 눈치챘구나."

"그럼?"

"뭐, 그런 것일 테지."

풍천진인의 대답을 들은 이현이 수중의 청명보검을 가볍게 흔들어 보였다.

디링!

청명보검 특유의 맑은 소리!

청명한 검신이 흔들리며 일어난 음파가 은은하게 사방으로 퍼져 나갔다.

청음(聽音)!

일견 평범해 보이나 매우 깊은 수양을 쌓아야만 얻을 수 있는 일종의 공덕이다. 검신을 움직여서 음파를 사방으로 뿌려낸 후 그 속에서 특별한 어떤 것을 찾아내는 일종의 감별법이기 때문이다.

그리고 이현은 곧 청음을 성공시켰다.

'저기군.'

문득 눈에 이채를 담은 이현이 지축을 접으며 앞으로 달려 나갔다.

여전히 내공이 존재하지 않는 몸!

그러나 찰나의 순간 동안은 초인적인 힘을 발휘한다. 본래의 내공을 기초로 한 무공으로는 보일 수 없는 강대한 능력을 의념이 완성시키고 있었다.

스윽!

그렇게 단숨에 청음으로 확인한 장소로 이동한 이현이 청명보검을 텅 빈 공간을 향해 찔러 넣었다.

쩡!

그러자 텅 빈 공간에서 터져 나온 쇠종이 깨지는 굉음!

'손이 저리군.'

이현이 내심 놀라며 수중의 청명보검을 다시 휘둘렀다. 청음으로 파악한 적의 존재가 실체로 드러났다. 더 이상 망설일 이유는 없었다.

스파앗!

그러나 이번에는 예의 굉음은 들려오지 않았다. 이현의 청명보검은 대기를 가르고 지나갔을 뿐이다.

대신이랄까?

우르릉!

방금 전까지 아무것도 존재하지 않던 공간 속에서 갑자기 벽력같은 장력이 쏟아져 나왔다. 방금 전 이현의 청명보검이 휘두르고 지나간 장소와는 사뭇 거리가 있는 곳에서 반격을 당하게 된 셈이다.

하나 이미 이현 역시 움직이고 있었다.

스윽!

단 한 걸음!

그 간단한 움직임만으로 텅 빈 공간 속에서 날아든 장력을 피해낸 이현이 다시 청명보검을 휘둘렀다.

이번에는 그냥이 아니다.

검초!

대천강검법의 절초로 이현은 재차 청명보검을 휘둘렀다. 역시 텅 비어 있는 공간을 노리고서 말이다.

쩡! 쩌쩡!

이번에는 실패하지 않았다. 연달아 대천강검법을 텅 빈 공간에서 터져 나오게 한 이현이 풀쩍 공중으로 뛰어올랐다.

그리 높지 않은 높이!

그러나 그는 어느새 청명보검과 하나가 되었다.

그렇게 검을 휘두른다.

쩡! 쩡! 쩡!

연달아 상대에게 검격을 가하고 바닥에 떨어져 내린다.

휘익!

그리고 신형을 회전시키며 다시 검격을 가하자 결국 텅 비어 있던 공간 속에서 핏물이 흘러내렸다.

한 방울!

두 방울!

바닥으로 흐르다 떨어져 내린다.

이현이 연달아 펼친 대천강검법의 강검이 결국 강철 같은 은신자의 육체에 상처를 입힌 것이다.

그러자 은신자가 자신이 흘린 핏물 앞에 비로소 진체(眞體)를 드러냈다.

칠 척 거한!

바로 얼마 전까지 소청관에서 가부좌를 틀고 앉아서 주변을 기감으로 파악하고 있던 전대 거마 혈영금강마(血影金剛魔)였다.

그는 함께 종남파를 장악한 부활 괴물들 중에서도 수뇌 격인 인물이었다. 무림에서 활동할 당시의 격으로 보면 풍천진인과도

견줄 수 있을 정도의 거물이라 할 수 있었다.

당연히 부활한 현재의 무공은 다른 동료들을 월등히 뛰어넘었다. 초절정급이 아니라 능히 절대지경에 이르렀다고 할 수 있는 것이다.

'게다가 현재의 나로선 꽤나 처리하기 곤란한 상성이로군. 청명보검이 없었다면 상당히 고전했을 수도 있겠어.'

이현의 생각대로다.

혈영금강마!

일찌감치 금강불괴지체를 이룬 그의 육신은 다른 부활 괴물들과 비교가 되지 않을 정도로 강력했다. 웬만한 내가중수법이나 신병이기로도 몸에 흠집 하나 낼 수 없었다.

하물며 그는 은신술 역시 천하무쌍의 수준이었다.

이 거대한 몸을 하고서 천하제일살수로 군림했을 정도로 은신술이 대단하여 이현조차 청음을 이용해서야 행적을 간파할 수 있었다.

그래서 이현은 혈영금강마의 행적을 간파한 후 몇 차례의 검격을 집중하고서야 그에게 상처를 입힐 수 있었다. 은신술을 펼친 채 호시탐탐 살행의 기회를 노리고 있던 혈영금강마에게 선제공격을 가한 건 바로 그 때문이었다.

그리고 그 결과 이현은 눈앞에 드디어 진체를 드러낸 혈영금강마에게 자신감을 갖게 되었다. 그가 은신술을 푼 것으로 이미 승부의 추는 완전히 기울어 버린 것이다.

"계속 싸울 작정이오?"

이현의 질문에 혈영금강마가 불교의 사천왕(四天王)을 닮은 고리눈을 치켜세웠다.

"마치 이미 다 이긴 것처럼 구는구나?"

"이겼는데?"

"……"

이현이 혈영금강마를 놀리듯 손가락질했다.

"하하, 방금 전 내 말에 발끈하면서도 공격을 가하지 않는군! 생긴 것 같지 않게 소심하구만!"

"그까짓 보검 정도로 내 금강법신(金剛法身)을 깰 수 있을 거라고 생각한다면 오산이다!"

"보검?"

이현이 자신의 손에 들린 청명보검을 힐끗 바라보곤 갑자기 바닥에 내동댕이쳤다.

'무슨?'

그리고 혈영금강마가 의아한 기색을 보인 순간 이미 이현은 그에게 파고들고 있었다.

스윽!

극단적인 간격의 축소!

팟!

이현의 식지가 곧추세워진 채 혈영금강마의 몸을 찍어버렸다.

움찔!

혈영금강마의 거대한 육체가 가벼운 진동을 일으켰다. 몇 차례에 걸친 청명보검의 검격을 아무렇지도 않게 튕겨내던 것과는 사뭇 다른 반응!

파팟!

그때 이현의 식지가 다시 혈영금강마의 몸을 타격했고, 곧 놀라운 일이 벌어졌다. 갑자기 극단적인 통증을 느낀 혈영금강마가 입을 크게 벌린 채 바닥에 대 자로 쓰러져 버린 것이다.

쿵!

"끄어어⋯⋯."

입을 벌린 채 신음하는 혈영금강마 앞에 이현이 살짝 쭈그려 앉았다.

"내가 몇 차례나 검격을 먹였는데, 그 금강법신인가 뭔가 하는 게 아직 온전할 거라 믿고 있었던 건가?"

"⋯⋯."

"만약 그렇다면 바보라고 부를 수밖에 없겠군."

"건방진!"

혈영금강마가 흉신악살 같은 표정이 된 채 이현을 향해 맹렬하게 주먹을 휘둘렀다.


혈영섬전권(血影閃電拳)!


혈영금강마의 성명절기가 이현의 상반신 전체를 뭉개 버릴 정도의 기세를 일으켰다. 몸집만큼 거대한 주먹에 붉은 혈운의 강기가 휘감긴 채 코앞에 쭈그려 앉은 이현을 공격해 들어간 것이다.

그러나 그 순간!

스윽!

마치 이런 일이 벌어질 걸 예측이라도 한 것처럼 이현이 혈영금강마로부터 물러났다. 그렇게 기본적이고 간단한 하나의 동작만으로 혈영금강마가 불시에 펼친 혈영섬전권의 범위에서 완전히 벗어났다.

팟! 파팟!

그 후 다시 혈영금강마에게 다가선 이현의 식지가 그의 전신을 두들겼다. 이번에는 조금 더 많은 부분을 찍었다. 조금 더 강한 힘을 담고서 말이다.

그러자 다시 경련을 일으키기 시작한 혈영금강마!

그의 거신이 지진을 만난 것처럼 마구 떨리더니, 곧 입에서 핏물을 꾸역꾸역 쏟아내기 시작했다. 이현의 몇 차례 식지 공격에 담긴 의념의 심검에 내부가 완전히 박살 나버리고만 것이다.

풀썩!

결국 혈영금강마가 경련 속에 혼절했다. 내상으로 인한 고통이 너무 극심해서 부활한 괴물임에도 의식의 끈을 완전히 놓을 수밖에 없었으리라.

"휴우, 겉가죽 질기고, 성격 역시 그만큼 사람을 질리게 만드는구만!"

이현이 한숨을 쉬면서도 혈영금강마를 감탄한 표정으로 바라봤다. 청명보검의 검격으로 금강법신을 깨버린 후 의념을 집중한 심검으로 내부를 완전히 휘저어 버렸다. 몸의 내부와 외부 모두를 완전히 박살 내버린 것이다.

그런데 그 상태에서 눈앞의 혈영금강마는 맹렬한 반격을 가했다. 상상을 초월할 정도의 고통을 이겨낸 채 이현과 동귀어진을 하려 했다.

즉, 독종 중의 독종!

그게 바로 이현 앞에 뻗어 있는 혈영금강마였다.

덕분에 처음 생각보다 더욱 가혹하게 손을 쓴 탓에 이현은 입맛이 썼다. 어떻게든 그의 목숨을 살려놓으려 했던 계획이 수포로 돌아가게 생겼기 때문이다.

슥!

그때 풍천진인이 이현에게 다가왔다. 그는 혼자가 아니었는데, 어느새 소청관에서 구출해 온 종남파 장문인 원청진인이 함께하고 있었다.

풍천진인이 말했다.

"걱정할 것 없다. 목을 베지 않았으니 죽지 않을 것이다."

"죽지 않는 것만으론 곤란한 것 같은데요?"

"그건 어째서냐?"

"심문할 것이 있거든요."

"심문? 뭘?"

"이 괴물들을 감시하는 자가 어디에 있는지에 대해서요."

"……."

풍천진인이 눈살을 가볍게 찌푸려 보였다. 이현이 한 말의 의미를 곧바로 깨달았기 때문이다.

"그걸 혈영금강마가 알고 있으리라 보는 것이냐?"

"꼭 그런 것만은 아닙니다. 다른 자들 중에 있을지도 모르지요."

"그래서 계속 녀석들을 죽이는 것에 반대했던 것이었더냐?"

"예."

"그럼 그 얘기를 어째서 내게 미리 말하지 않았더냐?"

"사숙이 감시하는 자일 수도 있다고 생각했거든요."

"헐!"

풍천진인이 나직하게 혀를 찼다. 태연하게 속내를 숨긴 채 함께했던 이현의 고백에 꽤나 놀란 것이다.

그러나 그는 곧 천천히 고개를 끄덕였다.

"종남일파의 명운이 걸린 일이니, 그 같은 마음을 품는 것도 무리는 아니었을 테지."

"이해해 주서서 감사합니다."

"그래서 이젠 녀석들을 고문이라도 할 작정이더냐?"

"본래는 그럴 생각이었는데……."

잠시 말끝을 흐린 이현이 무겁게 고개를 저어 보였다.

"…앞서 제압했던 복호상인이나 이 혈영금강마는 부활한 괴물이기 이전에 호걸이었습니다. 이런 자들을 고문하는 건 괴로운 일이겠지요."

"알겠다."

풍천진인이 담담한 대답과 함께 천룡보검을 휘둘러 혈영금강마의 수급을 베었다.

툭!

전대 거마의 두 번째 죽음!

다소 허무한 결말이었다.

第六章

의기천추(義氣千秋)!

움찔!

복호상인은 깨어나자마자 노안을 가볍게 찡그려 보였다.

'아미타불! 한데 연결되어 있던 자들과의 교감이 완전히 끊겨 버렸구나! 그렇다는 건 모두 다 죽어버렸다는 것인데……'

생각을 이어가던 복호상인의 눈에 이채가 어렸다. 그가 일어 나길 기다리고 있었던 것처럼 문이 열리고 방 안으로 두 명의 익숙한 얼굴들이 모습을 드러냈기 때문이다.

'…역시 풍천진인이 배신했던 것이로구나! 그리고 옆에 있는 자는 날 때려눕혔던 그 검객인가?'

풍천진인과 함께 방에 들어온 이현이 복호상인에게 슬쩍 고개 를 끄덕여 보였다.

"마침 깨어 있었군요."

"어찌 된 일인지 말해주시겠는가?"

"성천부에서 내게 얻어맞고 뻗었던 일은 기억하고 있을 테고… 다른 동료들이 어찌 되었는지 궁금하신 것이오?"

"그렇네. 그들은 어찌 되었는가?"

"네 사람 모두 목이 잘려 죽었소."

"자네가 모두 죽였다는 말인가?"

"그건……."

이현의 말을 풍천진인이 가로챘다.

"내가 모조리 목을 잘랐다. 땡중아!"

"풍천진인 당신이 어찌 그럴 수 있소이까?"

"왜 그래선 안 되더냐? 어차피 그놈들이나 나나 본래 죽어서 한 줌의 부토(腐土)가 되었어야 마땅할 터이거늘."

"그렇다 하나 그들은 살아 있었소이다. 죽었어야 하는 몸이 살아서 삶을 영위하고 있었으니, 함부로 죽여선 아니 되지 않겠소이까?"

"누가 함부로 죽였다는 것이냐? 꽤 오랫동안 고심한 끝에 죽여야겠다고 판단 내린 것이다. 어차피 나 역시 곧 그놈들의 뒤를 따라갈 터이고 말이야."

"아미타불!"

복호상인이 불호를 외우고 처연한 기색을 담아 풍천진인을 바라봤다.

"풍천진인의 뜻이 그러하다면 빈승이 어찌 말릴 수 있겠소이까? 다만 이번 선택으로 인해 종남파의 미래가 암울해질 수도 있음을 아셔야만 할 것이다."

"역시 땡중 네 녀석이 내게 숨기고 있는 게 있었구나! 당장 말해보거라!"

"특별히 숨기려 했던 건 아니외다. 빈승 역시 종남파에서 생활한 지 꽤 많은 시간이 지나서야 신마존주의 밀명을 받게 되었으니 말이외다."

"밀명?"

"현재 신마존주는 섬서성으로 신마맹의 전 세력을 이끌고 이동하고 있는 중이외다. 전 중원에 산개해 났던 신마맹의 세력을 모조리 긁어모아서 이동 중이라 조금 시간이 걸리고 있는 걸로 알고 있소이다."

'신마맹!'

이현이 내심 나직하게 부르짖었다.


신마맹!


이현과는 꽤나 오래된 악연으로 기억되는 비밀 조직이다. 숭인학관이 위치한 청양에서 처음으로 그 이름을 알게 된 이후 몇 차례의 크고 작은 전투를 벌인 바 있었다. 그리고 북경지난이 벌어졌을 때 다시 이현은 신마맹과 얽히게 되었다. 북경지난의 주모자인 칠황야와 혈맹을 맺은 무림의 비밀 조직이 바로 신마맹임을 알게 되었기 때문이다.

'그렇다면 파양대전에서 모용 소저를 부상 입히고 천룡보검을 가져간 자 역시 신마맹 소속이라 생각해야겠구나!'

이현이 내심 생각을 정리하고 있을 때였다.

복호상인의 말에 잔뜩 인상을 쓰고 있던 풍천진인이 긴장된 목소리로 말했다.

"신마존주가 섬서성으로 오는 이유가 설마 종남파에 있는 것인가?"

"종남파보다는 종남파 제일고수라는 마검협에게 관심이 있는 것 같았소이다. 풍천진인도 알다시피 우리가 종남파를 완벽하게 제압하고 있는 중에도 속가 문파들을 마검협의 이름을 언급하며 계속 공격해 댔으니 말이외다."

"하지만 그전에 이미 화산파도 공격해서 봉문시켰고, 북궁세가 역시 손을 쓴 걸로 알고 있네. 그러니 종남파를 제압한 것도 그저 섬서성 제패의 일환이지 않겠는가?"

"빈승도 처음엔 그리 생각했소이다. 하지만 그 후 몇 차례에 걸쳐 신마존주로부터 받은 밀명을 살펴보자면 역시 그의 최종 목표는 종남파인 것 같소이다. 뭐, 현재 긁어모은 신마맹의 전력을 생각하면 신마존주가 종남산에 도착하자마자 종남파는 끝장이 날 게 분명하오만."

"얼마나 되지?"

"족히 수천 명은 넘을 것이외다."

"수천 명?"

"하나같이 일류급 이상의 고수들로만 그렇소이다. 거기에 수십 명이 넘는 절정 이상급 고수에 부활한 비인(非人)들이 수백이 넘소이다. 그 정도 전력이라면 종남파가 아니라 구대문파와 개방 전체가 달려든다 해도 감히 승리를 장담할 수 없을 것이외다."

"헐! 땡중 말대로라면 종남파는 이번에 멸문지화를 면치 못하겠구나?"

"아미타불! 사실 어째서 신마존주가 그런 짓을 벌이는지에 대해선 빈승도 잘 모르겠소이다. 다만 한 가지 분명한 사실은 신마존주에겐 종남파 전체보다 마검협이 더욱 중요하다는 것이외다. 빈승에게 전달된 밀명의 대부분이 마검협의 행방을 찾아서 곧바로 알리라는 것이었으니까 말이오."

"흐음……."

그때 두 사람의 대화를 묵묵히 듣고 있던 이현이 복호상인에게 질문했다.

"혹시 대막의 명왕종에 대해서 알고 계시오?"

"명왕종?"

복호상인이 갑자기 인상을 크게 찡그려 보였다. 이현에게 명왕종이란 말을 듣는 순간 머릿속에서 극심한 극통이 일어났기 때문이다.

"크헉!"

결국 복호상인이 비명을 터뜨리며 바닥에 벌러덩 드러누웠다. 머릿속에서 일어난 통증이 얼마나 극심한지 전신에서 잔경련이 계속 일어나고 있었다.

마찬가지랄까?

풍천진인 역시 복호상인과 같은 두통에 이를 악물었다. 머릿속에서 일어난 통증을 참기 위해 의념을 집중시켜야만 했다. 그렇지 않고선 이 지독한 고통으로부터 자신을 방어할 수 없었기 때문이다.

팟!

이현이 보다 못해 복호상인에게 손을 썼다.

의념이 담긴 심검으로 복호상인의 수혈을 점혈해 잠재우는 걸로 고통에서 해방시켜 준 것이다. 그리고 풍천진인을 돌아보자 그가 손을 가볍게 내저어 보인다.

"나는 괜찮다."

"정말입니까?"

"사실은 죽을 것 같다. 머릿속을 망치로 마구 두들겨 대는 것 같구나."

"……"

이현이 심검을 다시 일으켰다. 풍천진인이 고통을 참지 못하게 될 경우 복호상인과 마찬가지로 수혈을 점혈하기 위함이었다.

그러나 바로 그때!

풍천진인이 잠시 숨을 고르더니, 자신의 머리를 손가락으로 빠르게 때렸다.

자해(自害)?

그런 것이 아니다.

풍천진인은 자신의 의념을 모아서 방금 이현이 복호상인에게 행했던 것과 비슷한 일을 행했다. 의념을 통해서 머릿속의 고통을 일시적이나마 감소시킨 것이다.

휘청!

그래도 타격이 적지는 않았던 것이리라.

한차례 신형을 흔들어 보인 풍천진인이 고개를 절레절레 흔들었다.

"이건 평범한 무공이 아니라 저주나 술법이로구나!"

'저주나 술법? 역시 신마존주는 명왕종의 조준, 그놈과 관계가 있는 것일 테지?'

명왕종의 조준!

처음 봤을 때부터 범상치 않았다. 꽤나 신경이 쓰였고, 조금쯤은 마음을 주기도 했다. 어찌 보면 조사동에서 나온 후 북궁창성과 악영인을 제외하곤 가장 크게 마음을 나눴던 상대라고 볼 수도 있겠다.

그러나 북경에서 조우한 후 이현은 조준과 후일 좋지 않은 관계로 만날 것임을 직감하고 있었다. 머리로 생각한 게 아니다. 출종남천하마검행으로 다져진 그의 본능. 전투적인 감각이 그렇게 조준을 가리키고 있었다.

저놈은 위험하다고!

후일을 기다리지 말고 지금 당장 제거하라고!

'하지만 나는 그러지 못했다. 바보같이 내 마음속의 경고를 외면하고 있었어……'

이현은 문득 주먹을 쥐었다.

목연.

숭인학관.

숭인상단.

그리고 그곳에서 이현과 관계를 맺었던 무수히 많은 사람들.

조준에게 붙잡혀 간 그들의 면면을 떠올리는 것만으로 가슴속에서 천불이 일었다. 눈에서 불꽃이 튀어나오는 것 같았다. 살기다. 아주 순수하고 격렬한 조준에 대한 살의를 이현은 지금 이 순간 느끼고 있었다.

풍천진인이 그 같은 이현의 변화를 눈치챈 듯 경고했다.

"평정심을 유지하거라!"

"……."

"네게서 지금 뿜어져 나오고 있는 살기는 지나치게 강하다! 의념의 세계에 발을 디딘 상황이란 건 천길 낭떠러지를 홀로 걸어가는 것과 마찬가지니라. 높은 곳으로 가면 갈수록 마도(魔道)에 빠져서 주화입마나 광인이 되기 쉬우니, 절대로 주의해야만 하는 것이다."

"혹시 사숙님도 그러하신 겁니까?"

이현이 살기를 거두고 질문하자 풍천진인이 파뿌리 같은 머리를 긁적이고 말했다.

"애석하게도 생전의 나는 그 정도 단계에도 도달하지 못했느니라."

"하면?"

"그래, 부활 후의 내가 죽기 전의 나보다 더 강하다고 할 수 있구나. 아마도 날 부활시킨 자의 농간 때문일 테지."

"사숙님을 부활시킨 건 신마존주입니까?"

"그건 확실치 않다. 나와 복호상인 등이 신마맹의 명을 받고 종남파에 온 건 사실이나 앞서 말했다시피 내 기억은 명료치 않구나. 아마도 신마맹에 속한 술사가 아주 강력한 저주나 술법을 걸어놨기 때문일 테지."

"그래서 사숙이 지금 행하는 일은 목숨을 거는 것이겠군요?"

"뭐, 그런 것이다. 이 목숨이 언제 거둬지게 될지는 모르겠다만."

"……."

이현은 내심 안타까운 심사를 느꼈다.

눈앞의 풍천진인!

누가 뭐라 해도 종남파의 최강절예, 천하삼십육검을 가장 완벽하게 익힌 절대고수였다.

그와 의념의 세계 속에서 벌였던 격전은 이현에게 아주 큰 도움이 되었다. 화산파의 천하제일고수인 운검진인과의 생사비무로 한 발짝 큰 걸음을 내딛게 된 의념의 세계에 익숙해지는 결정적인 요인으로 작용한 것이다.

게다가 그와 의념의 세계 속에서 나눈 천하삼십육검!

그 치열한 격전의 잔재는 무척 크게 이현의 몸속에서 생동(生動)하고 있었다. 마음껏 뛰어놀면서 매 순간 생생하게 되살아나고 있었다. 마치 스스로 생명력을 얻은 것처럼 매 순간, 매시간 이현의 의념을 크게 고양시키고 있었다.

'이건 역시 풍천 사숙과 내가 같은 종남파이기 때문일 것이다! 운검진인에게도 큰 도움을 얻었지만 그는 화산파! 종남파인 나와는 본래부터 같은 길을 걷지 않는 존재였으니까 말이야!'

그렇다.


화산파와 종남파!


각기 구대문파에 속해 있는 섬서성 삼강의 대문파이자 완전히 다른 길을 걷는 거대한 무류(武流)였다. 불교에서 흔히 말하는 만류귀종(萬流歸宗)은 그냥 겉껍질만을 뜻하는 것이라 할 수 있었다. 어떤 것을 잘 모르는 자들이 흔히 범하는 실수 같은 것과 같았다.

즉, 이해다!

만류귀종에서 뜻하는 바처럼 한 가지 영역을 극한까지 익힌 자는 다른 것 역시 이해할 수 있다. 어떤 것이든 극에 이르면 단순해지고, 순수해지기 때문이다.

하나 거기까지였다.

단지 이해의 범주에서 만류귀종의 용도는 끝난다. 커다란 범위의 이해는 가능하나 세밀한 부분, 아주 작은 차이까지 체득할 수는 없다는 뜻이다.

그런 이유로 이현은 운검진인과의 비무로 들어선 의념의 세계에 대한 구체성이 사뭇 떨어져 있었다.

전체적인 커다란 그림은 이해했으나 종남파 무학과의 접목에는 상당히 큰 균열이 존재하고 있었다. 운검진인에게 얻은 깨달음과 본래 가지고 있던 종남파 무학의 성취 사이에 꽤나 크고 깊은 간극이 존재하고 있었던 것이다.

그리고 그 간극을 이현은 풍천진인을 만나서 메우게 되었다. 그와 의념의 세계 속에서 치열하게 종남파 무공을 바탕으로 공방을 벌이며 운검진인조차 어쩌지 못했던 문제점을 상당수 해결할 수 있었다. 천하삼십육검의 진짜 오의에 근접하게 된 건 덤이고 말이다.

그렇게 이현이 생각에 잠겨 있을 때 풍천진인이 갑자기 자리에서 일어섰다.

"……?"

이현이 의아한 기색으로 시선을 던지자 그가 입가에 미소를 매단 채 말했다.

"밖에 나가서 대련이나 할까?"

"지금 그럴 만한 여유가 있겠습니까?"

"아니면?"

"……."

"지금 딱히 우리가 할 수 있는 일이 없지 않느냐? 내가 다시 죽기 전에 네놈의 무공이나 더 올려놓는 것 외엔 말이다."

"하긴 딴은 그렇습니다."

"예끼, 이 녀석! 딴은 그렇다니!"

"사숙이 말해놓고 왜 화를 내십니까?"

"내가 그렇게 말해도 네놈은 그렇지 않다고 말해야 옳은 게 아니더냐?"

"그런 입에 발린 거짓말을 듣고 싶으신 겁니까?"

"아무렴!"

단호한 대답과 함께 풍천진인이 천룡보검을 빼 들고 도관 밖으로 나갔다. 그러자 이현이 얼른 그 뒤를 따랐고, 두 사람은 곧 도관 앞의 공터에서 서로를 바라보며 마주 섰다.

토톡!

이현이 청명보검의 검갑을 손가락으로 가볍게 두들기고 말했다.

"이번엔 우리 각자 천하삼십육검만 사용하도록 할까요?"

"그건 내가 너무 유리하지 않겠느냐?"

"정말 그렇게 생각하시는 겁니까?"

"건방지긴!"

풍천진인이 이현에게 살짝 화난 듯 소리친 후 천룡보검에 의념을 담았다.

토톡!

그러자 청명보검의 검갑을 손가락으로 두들긴 이현이 심검을 일으켰다.


천하삼십육검의 공방!


그렇게 이 밤.

시대를 뛰어넘어 전대의 종남제일검과 당대의 종남제일고수가 다시 맞붙었다. 종남파 최강의 검학인 천하삼십육검만을 가지고 말이다.


*             *             *


서패 북궁세가.

천풍신도왕 북궁인걸의 죽음으로 시작된 내전으로 인해 당대의 천하제일세가는 극심한 피해를 입었다.

태상가주 북궁휘가 북궁인걸의 후계자 북궁준영을 죽이면서 본가의 세력 중 절반이 몰살당했고, 방계의 피해 역시 그에 못지않았기 때문이다.

다만 이후 태상가주 북궁휘의 내력을 물려받은 이공자 북궁창성의 등장으로 인해 북궁세가의 내전은 막을 내렸다.

태상가주 북궁휘가 죽으면서 거의 극단적인 상황으로까지 몰렸던 본가와 방계의 대결 구도가 완화된 탓이 컸다. 내전이 끝나고 평화가 찾아오게 된 것이다.

그 후 북궁세가는 임시 가주에 오른 북궁창성과 본가와 방계의 장로들, 대주들이 힘을 합쳐서 원만하게 피해 수습 작업이 진행되었다.

억울하게 내전으로 목숨을 잃은 혈족들의 유족들을 위로하고, 그들의 위치를 본래대로 되돌렸다.

가문의 보고와 곳간을 열어서 푸짐한 보상금을 안겨주고, 주변에 공고를 내서 문사와 무사들을 보충했다. 천하제일세가의 금력을 이용해서 빠르게 피해를 복구해 갔다.

그렇게 바쁜 나날이 계속되고 있을 때였다.

천무각에서 총군사 목원이 가져온 산더미 같은 서류와 씨름을 하고 있던 북궁창성의 눈살이 가볍게 찌푸려졌다. 근래 섬서성 일대 무림세력의 동향 보고에 특급을 요하는 정보 몇 개가 그를 고뇌하게 만든 것이다.

'숭인학관이 위치한 청양 일대의 개방 분타와 여러 무림 세력이 괴멸당하고, 종남파와 관계된 문파들 역시 비슷한 혈겁에 휩싸였는데, 원인 불명이라고?'

특급 정보들!

하나하나를 살펴보면 크게 이상하지 않으나 북궁창성은 곧 매우 심각한 연결 고리를 발견해 냈다. 특급 정보들이 가리키는 모든 것이 이현과 관계되어 있음을 눈치챈 것이다.

게다가 이 특급 정보들은 꽤나 교묘하게 가려져 있었다.

엄청난 양의 서류 더미에 연결 고리를 찾기 힘들게 흩어져 있어서 하나하나 철저하게 확인하고 분석해야 발견할 수 있었다. 상당히 공을 들여서 이런 작업을 수행했음이 분명했다. 누군가 확실한 의도를 갖고서 말이다.

그럼 여기서 궁금증이 생긴다.

누가?

어째서?

이런 식으로 이현과 관계된 특급 정보를 숨기려 했는가?

'지금 당장 확인해 봐야만 한다!'

내심 생각을 정리한 북궁창성이 자리에서 일어나 문덕전으로 향했다.


문덕전.

근래 복귀한 모사들과 새로 받아들인 서생들을 폐인이 될 정도로 야근시키던 목원이 눈살을 찌푸렸다. 문덕전 안으로 불쑥 모습을 드러낸 북궁창성의 표정이 심상치 않은 걸 눈치챘기 때문이다.

'쳇! 들켰구만.'

내심 혀를 찬 목원이 어슬렁거리며 자리에서 일어서 북궁창성을 맞이했다.

"임시 가주께서 이 야밤에 어쩐 일이시오?"

"총군사님께 몇 가지 가르침 받을 것이 있어 찾아왔습니다."

"허허, 그러셨구료. 그럼 내 방으로 가서 얘기를 나누도록 합시다."

"예, 그러시지요."

북궁창성이 깍듯하게 존대하곤 목원을 따라서 집무실로 향했다.

쾅!

집무실에 들어서자마자 문을 닫은 목원이 북궁창성을 돌아보며 대뜸 말했다.

"어디까지 알고 오신 것인가?"

"종남파가 멸문지화의 위기에 처했다는 것 정도는 알 것 같습니다."

"그렇구려."

목원이 천천히 고개를 끄덕여 보이며 내심 다시 혀를 찼다. 잘 숨긴다고 숨겼는데, 생각 이상으로 북궁창성에게 들킨 게 많았다. 단숨에 핵심을 찌르고 들어오는 걸 보니, 괜스레 변명을 늘어놨다간 된통 당할 것만 같다.

"임시 가주께서 본래 공부에 매진하던 학사였다는 걸 내 잠시 잊고 있었구려."

"어찌 된 일입니까?"

"그리 단도직입적으로 나오니, 내 둘러 얘기하지 않으리라. 종남파는 화산파와 마찬가지… 아니, 화산파보다 훨씬 심각한 형태로 무림에서 사라지게 될 것이외다."

"어찌 그럴 수 있단 말입니까?"

"1만 5천!"

"1만 5천?"

"그것도 아주 보수적으로 접근한 숫자외다. 그 정도의 대병이 현재 섬서성으로 집결하고 있는데, 그동안 입수한 첩보를 분석한 결과 목표는 종남파임이 확실하외다."

"그 정도나 되는 대병이 어떤 이유로 종남파를 공격하는 것입니까?"

"거기까진 파악하지 못했소이다. 하나 현 중원의 정국과 근래 섬서성에서 벌어진 일을 함께 생각하면 이유는 오히려 자명해질 거라 생각하외다."

"강남에서 벌어지고 있는 반역 세력과 관련된 일이라는 것입니까?"

"섬서성의 서안과 강남의 남경. 이 두 곳의 공통점은 반역도들의 중심이었던 칠황야와 관계되었다는 것이외다. 칠황야를 중심으로 한 반역 세력이 북경에서 난을 일으키기 전부터 가장 공을 들였던 게 바로 섬서성의 서안과 강남의 남경이기 때문이외다."

"하지만 이미 난의 중심이었던 칠황야는 죽었습니다. 북경지난이 실패로 돌아가면서 반황제파와 관련되었던 황족들과 문무대신들 역시 실각했고 말입니다. 그런데 그런 상황에서 이런 난이 다시 발생한다는 건……."

"사실 좀 의외의 일인 게 사실이외다. 그래서 노부는 관점을 좀 달리해야겠다고 여겼소이다."

"…관점을 달리하신다는 건?"

"칠황야가 처음부터 난의 중심이 아니었다면 어떻겠소이까?"

"이번 난에 다른 황족이 관련되어 있다는 것입니까?"

"꼭 황족일 필요도 없지 않겠소이까? 애초에 난이 성공한 후 중원에 꼭두각시 정권을 내세우고자 하는 암중 세력이 존재했다면 말이외다. 그리고 만약 노부의 예측이 맞는다면 그 암중 세력은 분명 무림과 상계 쪽 역시 깊은 뿌리를 내리고 있을 것이외다."

"섬서성과 그 부근을 말씀하시는 겁니까?"

"감숙과 청해, 그리고 대막!"

"그렇다는 건 혹시 북원?"

"노부의 생각은 그렇소이다. 원나라가 명태조에게 패해서 초원으로 물러난 이후 성립한 북원의 잔당들은 무척 오랫동안 중원에서 암약을 해왔소이다. 특히 무림과 상계에는 그 뿌리가 깊었는데, 그런 자들이 만약 암중 세력을 만들어서 중원의 혼란을 부추기려 했다면 어찌 움직였을 것 같소이까?"

"으음……."

잠시 고민하며 침음하던 북궁창성이 천천히 자신의 의견을 피력했다.

"…제가 그들의 입장이 되어서 말해보겠습니다. 우선 저는 은밀하게 중원의 상계를 점령할 것입니다. 원나라 시절에 이미 뿌리를 내린 기반과 막대한 금력이 있으니 그리 어렵지 않은 일일 테지요. 그 다음은 무림입니다. 원나라가 중원을 정복한 시절 무수히 많은 무림의 문파와 세력들이 몽골족에게 부역한 게 사실입니다. 살아남기 위해서 한족의 자존심을 외면하고 원나라 정부의 명에 따랐지요. 당연히 그런 세력들은 명나라가 들어선 후 재빨리 노선을 달리했으나 곧바로 들어선 북원 정권의 눈치를 보지 않을 수 없었을 겁니다."

"그들이 무엇 때문에 북원의 눈치를 보았다고 생각하는 것이외까?"

"그건 바로 원나라 시절 몽골의 황족들에게 충성을 맹세하며 부귀와 공명을 누렸던 부역자의 증표 때문이 아니겠습니까?"

"부역자의 증표라……."

"명나라가 태동할 때 본가인 북궁세가를 비롯한 사패가 천하에 우뚝 설 수 있었던 건 다름 아닌 태조 황제를 도와서 중원에서 몽골족을 몰아낸 공로에 있습니다. 마찬가지로 당시 사패와 달리 원나라의 편에 섰던 무림의 문파나 세력들은 몰락을 면할 수 없었고요. 그러나 중간에서 어중간한 행태를 보였던 무수히 많은 무림 세력이 존재한 것도 사실이었습니다. 그로 인해 살아남은 무림 세력 중 상계와 마찬가지로 꽤나 많은 몽골의 부역자들이 존재했을 거라 저는 생각합니다."

"정론이올시다. 그럼 다음으로 넘어가지요."

"그렇게 상계와 무림에 독버섯처럼 세력을 심어 놓는 일이 끝나면 잠시 숨 돌리기에 들어갈 것입니다."

"그건 어떤 이유에서 그렇소이까?"

"북원! 몽골족이 새로 초원에 세운 정권이 제대로 힘을 발휘할 수 있을 때를 기다리기 위함입니다. 그리고 거기에 더해 중원에 성립한 신황조가 초대 황제의 죽음 이후 벌어질 혼란에 대비하기 위함입니다."

"즉, 때를 기다릴 것이다?"

"그렇습니다. 그리고 그 같은 혼란은 태조 황제가 죽은 후 곧바로 찾아왔습니다. 2대 황제인 건문제 시절 오늘날과 같은 난이 벌어졌기 때문입니다. 칠황야와 같이 건문제의 숙부였던 연왕에 의해서 말입니다. 그리고 그 반역은 성공하여 태조 황제의 정통 계승자이자 손자였던 건문제는 숙부인 연왕에게 죽었습니다. 황제가 건문제에서 영락제로 바뀐 것이지요."

"바로 그렇소이다. 그런데 어째서 상계와 무림 쪽에 뿌리내린 북원의 사주를 받는 암중 세력들은 그 절호의 기회를 노리고 준동하지 않았던 거라 생각하시외까?"

"북원 때문이라고 생각합니다."

"북원 때문?"

"예, 제가 미력하나마 공부한 바에 의하면 당시 중원의 밖 세외 세력들과 왕국들 역시 극도의 혼란기를 맞이하고 있었습니다. 북원은 자중지란에 빠져서 내분으로 사분오열되었고, 그들과 원나라 시절부터 혈족으로 맺어졌던 고려에서는 역성혁명이 일어나서 이 씨가 조선을 세웠습니다. 각자의 사정이 바빠서 중원에서 벌어진 황제 쟁탈전에 끼어들 여지 자체가 없었을 거라 사료됩니다."

"그렇구려."

목원이 만족스러운 표정으로 천천히 고개를 끄덕이고 다시 눈짓을 해 보였다. 다음으로 넘어가란 뜻이다.

"그래서 그동안 북원을 추종하는 암중 세력들은 은인자중 때를 기다리고 있었을 겁니다. 절호의 기회를 북원 내부의 문제로 인해 놓쳤으니 그럴 수밖에 없었겠지요."

"그런데 백 년가량의 세월이 지나 그때와 같은 절호의 기회가 온 것이라 생각하는 것이외까?"

"그렇다고 봐도 무방하지 않겠습니까?"

"그럼 그 암중 세력들은 어떻게 움직였겠소이까?"

"우선 반역의 마음을 품은 칠황야 측에 접근함과 동시에 건문제의 억울한 죽음에 분노했던 강남일대의 호족들과 연맹을 맺습니다. 그리고 그렇게 결집된 힘을 바탕으로 칠황야 측을 자극하여 실제로 난을 일으킬 때를 정하고 계획을 실행에까지 옮길 것입니다."

짝! 짝! 짝!

목원이 손뼉을 쳤다. 북궁창성이 담담하게 말한 암중 세력의 계획이 썩 마음에 든 것 같다. 그러나 그는 곧 정색을 한 채 반론을 제기했다.

"임시 가주로서 결코 부족하지 않은 무척 훌륭한 예측이외다. 한 가지 중대한 허점을 제외한다면."

"어떤 허점을 말하시는 건지요?"

"북원!"

"……."

"북원을 추종하는 암중 세력에겐 애석하게도 천하를 호령했던 푸른 늑대의 후예들은 당대에 이르러 크게 기운이 쇠하고 말았소이다. 중원에서 밀려난 후 푸른 늑대의 기원이었던 초원에서 북원을 일으켰으나 재흥에는 실패하고 말았소이다. 북원 황실 내부에서 연속적으로 일어난 암투로 황족의 세(勢)가 악화일로를 걷게 된 데다 초원의 중심부에서 기세가 오른 오이랏족의 공격을 감당해야만 했기 때문이외다."

"오이랏족이라 하심은……?"

"본래 원나라를 이룬 성길사한(成吉思汗, 칭기즈칸)은 중원을 비롯한 천하를 유린하기 전에 몽골 일족을 통일시켰소이다. 당시 오이랏족 역시 성길사한에게 병합되었는데, 북원이 초원으로 쫓겨온 후 다시 독립하게 된 것이외다."

"그럼 북원과 오이랏족은 무척 사이가 나쁘겠군요?"

"나쁘다기보다는 원수 사이라 보는 게 마땅할 것이외다."

"그럼 현재 북원은……."

"중원 따위엔 관심을 가질 만한 여유 자체가 없다고 할 수 있소이다. 내우외환(內憂外患)에 빠져서 초원의 패권조차 지킬 여력이 없다고 할 수 있는 상황이니 말이외다."

"…그럼 이번 사태는 북원을 추종하는 암중 세력과는 관계가 없는 것입니까? 하지만 제가 본 정보에 의하면 분명 그들이 개입한 흔적이 아주 많았습니다만……."

"그래서 노부가 임시 가주에게 직접 보고를 올리길 망설였던 것이외다. 수집된 정보들이 뜻하는 바에 대한 확신을 가질 수 없었기에."

"…단지 그 이유뿐만은 아닌 것 같습니다만?"

"허허, 거기까지 읽으셨소이까?"

"예."

북궁창성이 단호한 기색을 얼굴에 드러내자 너털웃음을 멈춘 목원이 씁쓸한 표정과 함께 말했다.

"노부는 임시 가주께서 종남파를 돕기 위해 나서는 걸 막고 싶었소이다."

"저는, 아니, 북궁세가는 종남파의 마검협 이현 대협에게 큰 은혜를 입었습니다. 이현 대협의 대인대의(大人大義)한 도움이 없었다면 저 개인은 물론이거니와 북궁세가 전체가 끊임없는 혈겁 속에 멸문을 면치 못했을 것입니다."

"알고 있소이다."

"그런데도 그런 생각을 하셨던 것입니까?"

"했소이다. 그리고 임시 가주에게 끝까지 그 사실을 속이려 했소이다."

"……"

북궁창성이 당당하다 못해 뻔뻔하게 대답하는 목원을 잠시 물끄러미 바라보다 입가에 한숨을 매달았다.

"하아! 총군사님, 어째서 모든 짐을 홀로 짊어지려 하시는 겁니까? 만약 총군사님께서 진정 그 같은 생각을 하고 계셨다면 이런 식으로 정보를 몰래 숨기는 식으로 일을 처리하진 않으셨을 겁니다. 아마도 결코 누구도 알아내지 못할 만큼 교묘하게 정보를 조작하셨겠지요."

"……"

"그런데 오늘처럼 일을 처리하신 건 아마도 제 능력과 판단력을 시험하고 싶으셨던 거라 생각합니다. 그리고 또 한 가지! 총군사님은 제 의지와 의기(義氣)를 마지막으로 시험하셨고, 저는 이렇게 답을 내놓겠습니다."

슥!

북궁창성이 품속에서 한 장의 종이를 꺼내 들었다. 천무각에서 산더미 같은 서류 더미 속에 암호처럼 숨겨져 있던 정보를 취

득한 후 작성한 글귀를 목원에게 내보인 것이다.

"이건……?"

"이것이 제 뜻이자 의지입니다."

목원이 자신에게 내밀어진 종이를 받아 들고 거기에 적힌 글귀를 읽어 내려갔다.

"의기천추(義氣千秋)!"

"무인의 정의로운 기운은 능히 천 년의 세월을 견딘다고 생각합니다. 소생 비록 오랫동안 학사의 길을 걸었으나 가슴속에는 줄곧 북궁세가의 남아로서 이 한 줄의 글귀를 품고 있었습니다. 그리고 이건 아버님 역시 마찬가지셨을 거라 생각합니다."

북궁창성의 입에서 자신을 삼고초려로 북궁세가로 끌어들였던 전 가주 천풍신도왕 북궁인걸이 언급되자 목원은 눈을 감았다. 그가 줄곧 가슴속에 품고 있던 사람이 다름아닌 눈앞의 북궁창성임을 알고 있었기 때문이다.

'역시 호부(虎父)에 견자(犬子)는 없는 것인가!'

내심 장탄성을 발한 목원이 잠시의 침묵 끝에 눈을 뜨고 천천히 고개를 끄덕여 보였다.

第七章

철부지였던 시절을 그리워하다

"임시 가주의 결정을 노부 따르겠소이다."

"감사합니다."

"하나 종남파로 떠나기 전에 한 가지 청을 들어주셨으면 하외
다."

"말씀하십시오."

"북궁세가의 가솔 중 절반은 남겨주시오. 노인과 아녀자, 스물
아래의 아이들을 위주로 말이외다."

"그리하겠습니다."

북궁창성이 대답과 함께 일어서서 목원에게 정중하게 공수하
며 말했다.

"소생 역시 한 가지 부탁이 있습니다!"

"그거 설마……."

"그 설마가 맞습니다. 총군사님께 북궁세가를 맡기려 합니다. 부디 제 부탁을 받아들여 주십시오."

"……."

잠시 침묵 속에 북궁창성을 바라보던 목원이 어두워진 표정으로 다시 고개를 끄덕여 보였다. 북궁창성이 이 같은 부탁을 하는 이유를 쉽사리 짐작할 수 있었기 때문이다. 그리고 그 부탁을 거절할 명분이 없다는 것 역시 말이다.

"감사합니다."

"노부에게 못할 짓을 하는 것이외다. 그거 알고 가서야만 할 것이외다."

"예, 알겠습니다."

"아는 것만으론 안 되오! 반드시 돌아와서 이번에 한 못 할 짓에 대한 대가를 치러야만 할 것이외다!"

"……."

북궁창성은 떼에 가까운 목원의 말에 어색한 미소로 대답을 대신했다. 어떤 식으로든 목원의 언짢은 기분을 풀어줄 수 없음을 알고 있었기 때문이다.


다음 날.

아침 일찍부터 북궁세가의 대문은 활짝 열렸다.

내전이 벌어진 후 줄곧 모든 문을 닫아걸고 내부 정비 작업에만 전념한 이래, 처음 벌어진 일!

그리고 잠시 후, 그 활짝 열린 대문을 통해 백오십 명에 달하는 고수들이 가벼운 경장 차림을 한 채 각자가 낼 수 있는 최고의 속도로 빠져나갔다.

이들이야말로 현재 북궁세가에 남아 있는 최정예이자 마지막 전력, 그 자체!

임시 가주인 북궁창성의 명에 의해 집결한 이들의 목표지는 다름 아닌 종남파였다. 이현이 있는 종남파를 몰살시키기 위해 몰려들고 있는 1만 5천의 대병에 대항하기 위한 결사대의 출발이었던 것이다.

스슥!

스스스스슥!

종남파가 위치한 서안 방면으로 달려가는 북궁세가 정예의 배후로 희뿌연 흙먼지가 흩날렸다. 그들의 앞에 놓여 있는 불안한 미래를 미리 보여주기라도 하려는 것처럼 말이다.

＊　　　　＊　　　　＊

남경.

주목란은 거의 반파에 가까운 피해를 당한 끝에 점령한 남경성의 성주 관저에서 심복인 연서인을 맞이하고 있었다.

"생각했던 것보다 빨리 돌아왔구나?"

"돌아오고 싶지 않았습니다."

"호오?"

주목란의 갈색 눈동자가 연서인을 향했다. 그녀의 말 속에 담긴 뜻이 꽤나 의미심장하다 여긴 때문이다. 그러자 연서인이 주목란의 속내를 읽기라도 한 듯 말을 이었다.

"저는 이 공자님의 곁을 떠나고 싶지 않았습니다. 주 군주님의 명령 때문이 아니라 제 의지에 의해서요."

"그건 혹시……?"

"예, 저는 이현 공자님한테 반했습니다! 평생을 함께하고 싶을 정도로요!"

"……."

주목란이 눈살을 가볍게 찡그려 보였다.

눈앞의 연서인!

중원과는 다소 떨어져 있는 남해의 거친 파도를 벗 삼아 자라난 여인의 활달하고 대담한 고백에 기분이 언짢아졌다. 자신과는 신분이나 성격이 완전히 다른 그녀가 이미 이현에게 이 같은 고백을 했을지도 모른다는 생각이 들었기 때문이다.

연서인이 얼른 첨언했다.

"물론 저는 주 군주님과 정실부인의 자리를 겨룰 생각은 없습니다. 그냥 함께 이현 공자님을 모시면서 지금처럼 주 군주님의 수족이 될 수 있는 걸로 만족할 따름입니다."

"그 정도로 이 대가가 좋은 것이냐?"

"예, 정말 좋아하고 있습니다!"

"그렇구나……."

주목란이 미묘한 표정으로 대답하자 연서인이 슬쩍 입꼬리를 치켜 올렸다. 주목란에게 일단 인정을 받았다는 생각이 들었기 때문이다.

'좋았어!'

내심 환호성을 발한 연서인이 얼른 표정을 딱딱하게 긴장시킨 채 화제를 바꿨다.

"그런데 한 가지 우려스러운 일이 있습니다."

"우려스러운 일? 화산파의 봉문과 북궁세가의 내전 등과 관계된 일이더냐?"

"예, 그렇습니다. 앞서 제가 섬서 하오문의 조직을 통해서 전달한 정보로 어느 정도 예측하셨겠지만, 현재 이현 공자님은 사문인 종남파로 돌아가신 상태입니다."

"화산파가 봉문을 하고, 북궁세가 또한 가주 천풍신도왕이 죽고, 내전이 벌어져 큰 피해를 당했다. 다음 차례가 종남파가 될 거란 건 누구든 짐작할 수 있는 일이니 당연할 테지."

"예, 그렇기는 한데……."

"그동안 내게 보낸 정보 외에 다른 것이 있었더냐?"

"…이 공자님은 절 주 군주님께 돌아가라 했지만, 아무래도 걱정이 되어서 섬서 하오문의 진 대랑에게 계속 정보를 얻어내고 있었습니다. 정말로 이 공자님의 생각대로 종남파에 위기가 닥쳐온다면 미리 대처할 방도를 강구해야 할 것 같았거든요. 그런데 예상보다 심각했습니다. 종남파가 현재 처한 상황은요."

"어떻게 심각하다는 거지?"

"수만 명……."

"수만 명?"

"…예, 수만 명 이상으로 추정되는 정체불명의 병력이 현재 섬서성으로 집결하고 있었습니다. 수백 단위의 여러 부류로 나뉘어서 이동하고 있었지만 섬서 하오문의 이목을 완전히 피하는 데는 실패했지요."

"그리고 그 수만 명 이상으로 추정되는 정체불명의 병력의 목표는 종남파인 것이더냐?"

"종남파라기보다는 이현 공자님인 것 같았습니다."

"……?"

주목란이 의아한 표정으로 바라보자 연서인이 심각해진 얼굴로 말했다.

"그 정체불명의 세력은 섬서성에 진입한 후 곧바로 종남파와 관계있는 문파들을 공격했습니다. 화산파를 급습해서 화산 본산의 옥천궁 만을 봉문케 한 것과는 사뭇 다른 행보이지요. 사실 같은 세력인지도 의문이 갈 정도의 일이기도 하고요. 그건 마치……"

"세력과 세력의 대결이 아니라 개인적인 은원을 풀려는 것 같은 행동이로구나?"

"…예, 그렇습니다. 그래서 저는 진 대랑을 닦달해서 그 세력들의 행태에 대해서 면밀하게 알아봤는데, 놀랍게도 공통점 하나를 발견했습니다."

"이 대가와 관여되었던 것이더냐?"

"예, 그들은 자신들이 멸문시킨 종남파와 관계된 문파의 생존자들에게 이 공자님의 이름과 명호를 공공연히 내뱉었습니다. 종남파에서 일전을 겨루자는 종류의 이야기들을 전달했던 것입니다."

"일부러 생존자들을 남겼다는 거로구나?"

"그렇게 생각됩니다. 그리고 그들이 그런 짓을 한 이유는 아마도……"

"이 대가를 끌어들이기 위함일 테지. 또한 이 대가는 그들이 그런 짓을 하고 있는 이유에 대해서 짐작하는 바가 있을 것이다."

"…저 또한 그리 생각합니다. 그래서 주 군주님께 한 가지 청하고자 합니다!"

연서인이 목청을 높이곤 주목란 앞에 엎드렸다. 그러자 주목란이 눈살을 가볍게 찌푸려 보였다.

"금의위의 특위 부대에 배속되어 있는 해남파의 전력을 내주길 원하는 것이더냐?"

"그렇습니다. 앞서 말씀드렸다시피 이 공자님과 종남파는 현재 절체절명의 위기에 빠져 있습니다. 이미 화산파를 봉문시키고, 북궁세가의 전력을 크게 상실케 만든 자들의 세력은 정말 대단합니다. 게다가 거기에 더해 현재는 수만이나 되는 대병이 포함되었습니다. 그 대병력이 종남파와 이 공자님을 노리고 있다는 걸 아는데, 그냥 수수방관만 하고 있을 순 없습니다. 그리고 그 점은 주 군주님 역시 마찬가지일 거라 생각합니다."

"……"

주목란은 잠시 침묵했다.

절절한 연서인의 호소는 그녀의 마음을 크게 흔들었다. 진심으로 그러했다.

그러나 현재 그녀는 어렵게 남경성을 탈환한 후 토벌대의 기력을 회복시키고 있는 중이었다. 생각했던 것보다 남경성 탈환전은 힘들었다. 북경에서 끌고 온 정예 중 상당수를 잃어야만 했다.

게다가 반파된 남경성은 현재 무척이나 취약한 상태였다.

성으로서의 방어력이 현저하게 떨어져서 언제 반격해 올지 모를 강남의 반역도들에 대한 대비에 분주했다. 어렵게 남경성을 탈환하였다곤 하나 이곳은 여전히 황군에겐 사지(死地)나 다름없었다. 건문제의 폐위 이후 돌아선 강남의 민심은 여전히 현 황실을 인정하려 하지 않았기 때문이다.

'이런 상황에서 특위인 해남파의 전력이 몽땅 빠져나가는 건 큰 타격이다. 강남 일대에서 징집이 원활치 않은 상황에서 대체 불가능한 핵심 전력이 이탈하게 되는 것이니까. 하지만 이번에 이 대가는 일종의 외통수에 걸려 버렸다. 혼자 몸이라면 수만의 대병이라 해도 이 대가에게 위해를 가할 수 없을 테지만, 종남파 전체를 방어해 낼 순 없을 것이다. 상대도 그걸 알고 이 같은 압박을 가하는 걸 테고……'

전장을 진두지휘하던 대장군의 역할을 수행하던 주목란이나 주저하는 마음이 일지 않을 수 없었다. 그만큼 이현은 그녀에게 중요한 사람이었다. 세상의 어떤 것보다 우위에 두고 싶지 않을 정도로 말이다.

하나 그녀는 곧 자신의 위치를 깨달았다.


반란군 토벌의 총사령!


그녀의 작은 양어깨에 얹혀 있는 건 단순히 현 황제의 안위 따위가 아니었다. 주 씨가 이룩한 대명의 천하! 그리고 그 단단한 주춧돌 위에서 이룩된 중화의 문화! 마지막으로 민초들의 평온한 삶!

그 모든 것이 주목란을 거대한 무게로 짓눌렀다.

압박했다.

자신이 원하는 대로 마음을 정할 수 없게끔 했다.

'…이 대가를 처음 만났던 시절이 그립구나! 그때의 나는 무림에 대한 동경만으로 왕부를 몰래 빠져나갔던 철부지였거늘!'

내심 한탄한 주목란이 연서인을 잠시 바라보다 담담한 목소리로 말했다.

"현 상황에서 특위를 내줄 순 없다."

"하지만!"

"대신 다른 걸 내주도록 하마."

"예?"

연서인이 의아한 기색을 지어 보일 때 주목란이 가볍게 손뼉을 쳤다.

짝!

그리고 말한다.

"악 대주, 우리의 얘기를 다 들었겠지요?"

"……."

"대답을 고민할 필요는 없어요. 이미 악 대주를 내 곁에 붙잡아 둘 수 없음을 알고 있으니까요."

슥!

주목란의 말이 끝나자마자 악영인이 문을 열고 내실로 들어왔다.

흡사 활활 타오르는 홍염(紅焰) 같달까?

전신에서 기묘한 기의 불꽃을 발산하고 있는 악영인은 크게 격동한 상태였다. 평소에도 자주 붉어지곤 하던 안색이 진홍에 가까울 정도로 변해 있었다. 연서인과 주목란의 대화를 몰래 엿듣고 마음이 완전히 뒤집어져 버렸기 때문이다.

주목란이 그런 악영인을 바라보다 천천히 고개를 끄덕여 보였다.

"악 대주에게 어려운 부탁을 하고자 해요. 들어줄 수 있나요?"

"하명하십시오."

"나는 악 대주가 여기 연 특위와 함께 혈사대를 이끌고 섬서성으로 떠나줬으면 해요."

"그건……."

"쉽게 대답하지 마세요. 이는 악 대주와 연 특위뿐 아니라 혈사대 전원의 생사가 관련된 일일 수 있으니까요."

"…소장만 떠나면 안 되겠습니까?"

"그럴 순 없어요. 악 대주의 목표는 이 대가를 무사히 구출해 오는 것이니까요. 설혹 그 와중에 혈사대가 몰살당한다 해도 말이에요. 그리고 그건 종남파 역시 마찬가지예요."

"……."

"나는 마검협 이현의 목숨을 원해요. 그 한 사람을 위해서 악 대주는 혈사대와 자신의 목숨을 걸 자신이 있나요?"

"……."

평소처럼 주목란의 목소리는 담담했다. 마음속의 격랑이나 고민 따윈 전혀 엿보이지 않았다.

그러나 악영인은 알고 있었다.

지금!

이 순간!

전장을 함께 누볐던 총사령 주목란이 극도의 고통을 참고 있다는 것을. 초인적인 의지로 악영인과 함께 이현을 구하러 가고 싶은 마음을 억누르고 있음을.

꾸욱!

악영인이 장창을 잡은 손에 힘을 주고 얼른 손을 모아 군례를 취해 보였다.

"소장의 생명을 걸고 반드시 임무를 완수하겠습니다!"

"좋아요."

천천히 고개를 끄덕여 보인 주목란이 연서인에게 말했다.

"연 특위는 지금부터 임시로 혈사대 소속이에요. 악 대주를 지원해 종남산에 가서 이 대가를 돕도록 하세요. 그리고 여기서 가장 중요한 점은 꼭 이 대가를 살려서 내게 데려와야 한다는 점이에요."

"존명!"

연서인이 얼른 복명했다.

관외의 전신 악영인과 그녀가 이끄는 혈사대!

어떤 의미에선 주목란이 이끄는 금의위의 특위 부대인 해남파보다 훨씬 강력하다고 할 수 있었다. 해남파 개개인의 무력보다는 못하나 관외에서 전신이라 불렸던 악영인의 지휘하에 무수히 많은 혈전을 경험한 바 있었기 때문이다.

'게다가 악 대주는 주 군주님에 버금갈 정도로 이 공자님을 좋아한다. 이 공자님을 구출하기 위해서라면 분명 열과 성의를 다할 게 분명해. 으음, 그런데 이렇게 되면 또 경쟁자가 늘어나게 된 셈인가? 뭐, 그래봤자 아직 삼처사첩조차 다 채우지 못했으니 상관없으려나!'

언제나처럼 연서인은 이현의 갈수록 복잡해져 가는 여자관계를 간단히 넘겨 버렸다.

어차피 본처의 자리는 포기한 지 오래였다.

몇 명이나 이현의 본처 자리를 놓고 경쟁하든 상관할 바 아니었다.

애첩!

누구보다 사랑받고, 아낌을 받는 위치!

거기에 더해 떡두꺼비 같은 아들까지 낳게 된다면!

그것만으로 연서인은 충분히 만족했다. 이현을 통해 얻은 아들을 해남파의 후계자로 만들 수 있다면 말이다.

내심 누구에게도 드러낸 적 없던 앙큼한 속내를 되새김질 한 연서인이 악영인에게 방긋 웃어 보였다.

"악 대주님, 앞으로 잘 부탁드려요!"

"아, 나 역시……."

아직 연서인이 말한 '부탁'이란 말의 진정한 의미를 이해하지 못하고 있는 악영인이었다.


다음 날.

날이 밝자마자 남경성의 성문이 활짝 열렸고, 다시 관외의 전신으로 돌아간 악영인과 그녀의 부장, 연서인이 이끄는 혈사대가 붉은색 돌풍이 되었다.

우두두두두!

우두두두두!

대지를 울리는 격렬한 말발굽 소리!

대지에 휘몰아치는 붉은색 전갑의 회오리바람!

그 속에서 악영인과 연서인은 연신 각자의 준마에 박차를 가했고, 혈사대는 거친 숨결을 토해내며 그 뒤를 따랐다. 아직 중천에 오르려면 한참 시간이 남은 태양의 흐릿한 빛줄기가 그들에게 작은 그림자를 드리우고 있었다.

*      *      *

종남파.

며칠간의 정비 작업을 통해서 상천태허궁은 정상적인 기능을 발휘하기 시작했다.

종남파 장문인 천하무극검 원청진인!

그는 이현에 의해서 구출되자마자 곧바로 하루 반나절이 넘도록 운기조식에 돌입했다. 그동안 줄곧 전신혈도가 금제되어 있었던지라 몸속의 기혈이 상당 부분 꼬여 버렸다. 사숙이자 모든 일의 원흉이라 할 수 있는 풍천진인이 강대한 내력으로 추궁과혈을 해주긴 했으나 본래의 무공을 회복하려면 상당한 시간이 걸려야만 할 터였다.

팔대장로 역시 마찬가지였다.

처음부터 제압당하지 않은 상태였던 원상도장과 원진도장을 제외한 6인은 장문인 원청진인보다 상태가 심각했다. 대부분 내공의 근원이라 할 수 있는 원정지기가 크게 훼손당한 상태였다. 향후 본래의 무공을 완전히 회복하려면 1년 정도는 폐관수련에 들어가야만 할 터였다.

덕분에 풍천진인은 무척 바빴다.

하루 중 한 시진씩 쪼개서 장문인 원청진인과 육장로를 번갈아가며 추궁과혈하고, 나머지 시간엔 이현을 찾아와 비무를 벌여야만 했기 때문이다.

바로 지금처럼!

후들! 후들!

눈앞에서 뼈만 앙상하게 남은 몸으로 비틀거리는 풍천진인을 바라보며 이현이 한숨을 지어 보였다.

"하아! 오늘은 그냥 좀 쉬는 게 나을 것 같습니다만?"

"괜찮다."

'전혀 괜찮아 보이지 않는데?'

이현의 암담함을 담은 시선만으로 속내를 읽은 듯 풍천진인이 한 차례 호흡과 함께 무형지기를 일으켰다.

파팟!

그러자 자연스럽게 그의 전신에서 일어난 추상같은 기파!

순간, 자신을 향해 밀려든 풍천진인의 무형지기를 이현이 단숨에 심검으로 잘라 버렸다. 그동안 풍천진인과 함께했던 수련으로 인해 의념의 기운을 어느 정도 자유자재로 사용할 수 있게 된 것이다.

서걱!

이현의 주변이 삽시간에 진공으로 변해 버렸다.

심검!

그 강력한 의념의 검이 풍천진인의 의념이 만들어낸 무형지기의 공격을 자름과 동시에 대기 그 자체까지 베어냈기 때문이다. 그렇게 그 자신과 주변의 공간을 완전히 여태까지와는 다른 세상으로 만들었다.

그리고 그 여파는 곧바로 이현을 공격했던 풍천진인에게 전달되었다.

"쿨럭!"

풍천진인이 입에서 피가 섞인 가래를 토하며 신형을 휘청거렸다.

당장에라도 쓰러질 것 같은 형국!

슉!

이현은 전혀 개의치 않았다.

파팟!

오히려 그는 재차 심검을 일으켜서 풍천진인을 찔러 들어갔다. 그와 그의 전신을 에워싼 공간 자체를 단숨에 깨부숴 버리려 한 것이다.

휘청!

풍천진인이 다시 신형을 비틀거렸다. 그러나 이현은 안다. 그 한차례의 움직임이 자신의 심검을 피해내는 가장 완벽한 궤도와 정교한 시간적인 선택이었음을 말이다.

'게다가 그 한차례의 몸동작 속에 절묘하게도 천하삼십육검의 오의를 담다니… 노인네, 참 대단하구만!'

이현이 내심 탄복하면서 다시 심검의 기운을 강화시켰다.

쉬아악!

의념에 따라서 확장되는 심검!

거기에 더해 이현은 강화된 심검을 빠르게 변화시켰다. 그렇게 함으로써 풍천진인이 더 이상 천하삼십육검의 재주를 부리지 못하게 봉쇄해 버린 것이다.

"헉!"

풍천진인의 입에서 숨이 넘어가는 소리가 흘러나왔다. 단숨에 이현의 확장된 이현의 심검에 압도당했다. 그의 천하삼십육검 자체가 완전히 제압당하고 말았다.

털썩!

결국 풍천진인이 엉덩방아를 찧었다. 방금 전처럼 다분히 의도적인 낭패가 아니다. 완전히 제압당한 채 어떤 것도 할 수 없게 되었다.

스윽!

그러자 재빨리 심검을 거둬들인 이현이 빠른 걸음으로 풍천진인에게 다가들었다. 얼굴에 근심이 잔뜩 서려 있다.

"괜찮으십니까?"

"괜찮은 것 같으냐?"

"아뇨."

이현이 고개를 저어 보이자 풍천진인이 다시 잔기침을 몇 차례 터뜨리곤 쓸쓸한 표정이 되었다.

"너, 정말 괴물 같은 녀석이로구나. 몇 차례 비무만으로 내 천하삼십육검의 요결을 완전히 빼먹어 버리다니 말이야."

"완벽한 게 아니니까요."

"…그런 것도 알았더냐?"

"뭐, 천하삼십육검이라면 꽤 오래전부터 연구한 검학이니까요. 사부님이 알고 계신 검초가 한정되어 있어서 줄곧 미완성인 상태였기에 그런 점은 더 확실하게 알아볼 수 있는 게지요."

"흥! 그건 네놈이 괴물이라서이니라. 다른 놈. 아니, 풍현 사형조차 내 천하삼십육검의 흠결을 알아내진 못했다. 오히려 운검진인이 비슷하게 알아봤을 뿐."

"운검진인이 풍천 사숙의 천하삼십육검이 미완성인 상태란 걸 알아봤다는 겁니까?"

"한차례 대결한 직후에 몇 가지 지적질을 하더구나. 그 양반도 늙은 이후엔 꼰대 기질이 생겼거든."

"그래서 도움은 받으셨습니까?"

"도움은 무슨!"

살짝 역정을 낸 풍천진인이 숨을 헐떡이며 나지막하게 말했다.

"그냥 깨달았을 뿐이다. 내가 그때까지 천하삼십육검을 잘못 이해하고 있었던 것을……."

"그……."

이현이 뭐라 다시 말하려다 입을 다물었다. 풍천진인의 얼굴에 담겨 있는 자괴감과 억울함을 동시에 느꼈기 때문이다.

'…하긴 타 문파의 사람. 그것도 화산파의 사람에게 평생을 바쳐서 연구하고 익혔던 천하삼십육검의 문제점을 지적당했으니, 그 원통함은 이루 말할 수가 없었을 테지.'

그때 풍천진인이 벌러덩 뒤로 누워 활개를 친 채 말했다.

"이놈아! 그러니 이젠 더 이상 이 늙은 뼈다귀와 비무 따월 할 필요 없느니라!"

"설마 벌써 돌아가실 때가 된 겁니까?"

"꼭 그러길 바라는 것 같구나?"

"전혀 그렇지 않습니다만."

"염려 말거라. 못난 사질 녀석들을 몽땅 회복시킬 때까진 내 숨을 단단히 붙여 놓고 있을 터인즉!"

"……."

"그런데 아까부터 네놈을 기다리고 있는 사람이 있구나. 호흡 속에 음기가 서려 있는 것 같은데, 혹시 아는 처자더냐?"

'아는 처자라……'

이현이 의념을 모아서 주변을 살피곤 눈살을 가볍게 찌푸려 보았다. 풍천진인이 말한 사람이 누군지 대충 짐작이 갔기 때문이다.

"…아는 처자, 맞는 것 같습니다."

"역시 그렇구나! 나는 여기 누워서 잠시 쉬고 있을 터이니, 얼른 가보도록 하거라!"

"그럼 쉬고 계십시오."

이현이 풍천진인에게 공수를 해 보이고 신형을 돌려세웠다.

자신의 짐작이 맞는지 확인해 볼 필요성을 느낀 것이다.


                    *           *           *


슥!

상천태허궁의 동쪽 끝에 이어져 있는 돌담에 도달한 이현이 의념의 화살을 곧장 날려 보냈다.

"아!"

그러자 어둠 속에서 화들짝 놀란 소리가 나더니, 은은한 달빛 속에서 한 명의 절세가인이 모습을 드러냈다.


천룡검후 모용조경!


이가장에서 헤어진 후 얼마 만일까?

다시 만난 그녀는 비현실적일 정도로 아름다웠다. 후광처럼 몸 전체에 감돌고 있는 월광(月光)과 함께 어우러져 흡사 하늘의 천녀가 하강한 것만 같았다.

"모용 소저……."

이현이 자신도 모르게 중얼거리자 모용조경이 살며시 고개를 숙여 보였다.

"소녀 조경, 이 공자님을 다시 뵙습니다."

"…어찌 된 일인지 물어도 되겠소?"

"그보다 목연 소저에 대해서 알고 계신지요?"

"목 소저……?"

"예, 목연 소저와 숭인학관 사람들의 행적에 대해서 알고 계신지요?"

"……."

천천히 고개를 저어 보이는 이현에게 모용조경이 담담한 표정으로 말했다.

"이가장에서 이 공자님과 헤어진 후 저는 며칠간 방황을 하다가 우연찮게 한 무리의 무림인들을 만났습니다. 그들은 종남파를 목표로 움직이던 자들이었는데, 무리의 우두머리로 보이는 자가 숭인학관과 목연 소저에 대한 얘기를 언급하기에 조용히 뒤를 따르게 되었습니다."

"그자들에게 목 소저와 숭인학관 사람들이 붙잡혀 있던 건 아니겠구려?"

"이 공자님의 예측대로입니다. 그 무리는 거대한 세력의 하부 조직 중 하나였는데, 수일간 몰래 뒤를 밟은 끝에 신마맹이란 이름을 알아냈습니다."

"신마맹!"

이현이 이를 갈 듯 소리쳤다. 이미 풍천진인을 통해서 신마존주란 이름을 알고 있었으나 모용조경에게 다시 확인하게 되자 속이 뒤틀리는 걸 느꼈다. 그리고 청양에서 우연찮게 만나서 인연을 맺은 철목령주 달리파로부터 시작된 악연이 여기에까지 이르렀다는 생각이 들었다.

이현의 분노성에 잠시 입을 다물고 있던 모용조경이 말을 이었다.

"신마맹이란 조직은 현재 신마존주란 자에 의해 움직이고 있는데, 목연 소저와 숭인학관 사람들은 모두 그에게 포로로 억류되어 있었습니다. 그래서 저는 은밀히 신마맹의 무리에 숨어들어서 한동안 목연 소저와 숭인학관 사람들의 행적을 탐문했지만 아쉽게도 힘이 부족해서 그들을 구출하는 데 실패하고 말았습니다."

"그래서 날 찾아 종남파에 온 것이오?"

"예, 제가 아는 바로 이 공자님은 최고의 고수이니까 신마존주로부터 목연 소저와 숭인학관 사람들을 구출해 낼 수 있을 거라 생각했습니다."

"……."

이현이 잠시 모용조경을 바라봤다.

보면 볼수록 아름다운 여인!

이가장에서 그녀의 마음에 상처를 입혔던 일이 떠올라서 가슴 한 켠이 아려온다.

'하지만 지금은 그런 걸 생각할 때는 아니니까…….'

내심 마음을 굳게 다진 이현이 천천히 고개를 끄덕여 보였다.

"모용 소저의 판단은 옳았소. 나는 반드시 신마존주에게서 목소저와 숭인학관 사람들을 구출해 낼 것이오."

"소녀, 이 공자님을 믿고 있었습니다."

모용조경이 다시 이현을 향해 고개를 숙여 보였다. 이가장에서 받은 마음의 상처 따윈 이미 까맣게 잊어버린 것 같은 모습이었다.

\*        \*        \*

함양(咸陽).

서안에서 남쪽으로 삼백 리 정도 내려오는 장소에 위치한 섬서 교통의 요지인 이곳은 현재 북새통을 이루고 있었다. 지난 한 달여 간 섬서성 각지에서 모여든 각양각색의 사람들이 점차 군집을 이루더니 어느새 2만 명이 넘는 대군을 형성해 버린 때문이었다.

당연히 함양 일대의 관부는 발칵 뒤집혔다.

북경에서 일어난 대란!

어느새 강남까지 불이 붙어서 북경의 중앙군이 십만 명이 넘는 토벌대를 이끌고 떠나갔다는 소문이 파다했다. 섬서성에서 수천 리나 떨어진 곳에서 벌어진 대란에 관부의 촉각이 곤두설 대로 곤두서 있는 형국이었다.

그런데 갑자기 서안에서 얼마 떨어지지 않은 함양에 2만 명이 넘는 대군이 운집해 버렸으니, 어찌 관부가 수수방관하고 있을 수 있겠는가.

함양의 관청은 재빨리 섬서성 도지휘사사에 원군을 요청하려다 단숨에 몰살당해 버렸다. 함양으로 몰려든 2만 명이 넘는 대군 중 무림인으로 보이는 자들 수백 명이 중심이 된 수천의 군세가 한꺼번에 관청을 공격해서 한 시진도 지나기 전에 끝장을 냈다.

그 후 2만 명의 대병은 수백에서 수천 명 단위로 움직여서 함양 일대의 모든 관청과 무림 문파, 상계의 연락망을 모조리 장악했다.

저항하는 자들은 무차별하게 공격했다.

압도적인 무력을 바탕으로 윽박지르고, 강제 합병했다. 그렇게 함양 일대의 모든 관청, 무림 문파, 상계 세력 전부를 자신들의 손아귀에 넣어버린 것이었다.


함양성이 내려다보이는 산 구릉 중턱.

한 식경 전 이곳에 도착한 이현은 함양 성내를 잠시 바라보다 커다란 방립으로 얼굴을 절반쯤 가린 모용조경에게 말했다.

"저곳에 목 소저와 숭인학관 사람들이 붙잡혀 있는 게 확실하오?"

"예, 분명합니다."

"그런 것치고는 꽤나 평온해 보이오만?"

"그건 신마존주의 능력 때문인 것 같습니다."

"신마존주의 능력?"

"제가 몰래 숨어 들어갔을 때 묘한 일을 경험했습니다. 신마존주에게 직접 명령을 받는 핵심 인물들에게서 인간의 기운이 느껴지지 않는 걸 발견한 것입니다."

"그렇다는 건……."

"예, 이 공자님이 예상대로 신마존주의 주변 인물들은 평범한 무림인이 아니었습니다. 고강한 무공을 익힌 건 사실이나 그밖에도 특별한 능력들을 보유하고 있었습니다. 그리고 그 특별한 능력으로 인해서 그들, 신마맹이 확보한 자들을 별다른 반항 없이 빠르게 자신의 세력으로 끌어들이는 듯했습니다."

"그렇다는 건 현재 함양성과 그 일대의 사람들은 신마존주에게 완전히 귀속되었다고 봐도 무방하다는 것이로군. 으음, 그렇다면 저들의 빠른 군세 확장도 충분히 납득 가능한 일이겠구려."

이현은 모용조경의 얘기를 들으며 미간에 깊숙한 고랑을 만들어 냈다.

충분히 납득 가능한 일!

이현 입장에선 무척 심각한 문제였다.

모용조경의 말과 현재 눈으로 확인한 함양성과 일대의 신마맹 군세로 볼 때 신마존주로 추정되는 조준은 엄청난 강적이었다. 그가 이끌고 있는 군세가 이미 2만 명을 돌파했는데, 거기서 얼마나 더 늘어날지 가늠조차 되지 않았기 때문이다.

그러나 곧 이현은 한 가지 모순된 점을 떠올렸다.

'하지만 종남파와 관계된 문파나 가문들은 단지 공격을 당했을 뿐 포섭 같은 건 당하지 않았다. 그건 앞서 공격당해 봉문한 화산파나 북궁세가 역시 마찬가지였다. 화산파의 일은 잘 모르겠지만 북궁세가는 북궁휘 선배로 인한 내전이 벌어졌을 뿐 현재 함양성에 모인 세력과 같은 상황까진 이르지 않았다. 그 차이는 어디에서 오는 것일까?'

이현은 문득 목연이 떠올랐다.

그녀의 도움을 받아 공부를 하는 동안 병법 역시 어느 정도 전수받았다. 대과의 시험 범위 중에 국방에 대한 사안 역시 포함되어 있었기 때문이다.

당연히 목연은 이현보다 훨씬 더 병법이나 국방과 관련된 사항에 대해 잘 알았다. 그녀에게 조목조목 가르침 받았던 병법의 구절들이 한동안 이현의 머릿속에서 휙휙 지나쳐 갔다. 그러다 어느 순간이었다.

"그렇군!"

"예?"

조용히 이현을 지켜보고 있던 모용조경이 당황한 시선으로 그를 바라봤다. 한동안 함양성을 바라보며 생각에 빠져 있던 그가 갑자기 크게 소리를 지르자 놀란 것이다.

이현이 얼른 말했다.

"여태까지 내가 조금 착각했던 것 같소."

"착각이시라면……?"

"화산파와 북궁세가를 공격한 자들과 현재 종남파를 압박하며 함양성에 모인 세력을 동일시하는 착각을 했다는 것이오."

"하면 두 세력이 다르다는 건지요?"

"같을 수도 있고, 다를 수도 있다고 생각하오."

"예?"

모용조경이 더욱 당황한 기색이 되었다. 이현이 한 말을 하나도 알아들을 수 없었기 때문이다.

이현이 말했다.

"아! 물론 그건 어디까지나 아직 확정되지 않은 내 개인적인 생각일 뿐이오. 그래서 지금부터 확인하러 가봐야 할 것 같고 말이오."

"곧바로 적진에 침투하시려는 건가요?"

"그렇소. 그러기 위해서 이곳 함양에 온 것이니까."

이현이 강렬한 시선으로 함양성을 노려보고 모용조경을 돌아봤다.

"그래서 말인데, 모용 소저에게 부탁해야 할 게 있소."

"말씀하십시오."

"내가 함양성에 침투하고 사흘이 지날 때까지 돌아오지 않는다면 그 사실을 종남파에 알리고 문도 전원이 탈출하라고 말해 주시오."

"그건……!"

"이건 내 생사보다 더욱 중요한 일이오! 내 요청을 들어주시겠소?"

"……"

잠시 이현을 침묵 속에 바라보던 모용조경이 방립을 벗고 처연한 눈빛을 한 채 고개를 끄덕여 보였다. 이현이 어떤 마음으로 그 같은 말을 한 것인지 충분히 이해했기 때문이다.

그러자 이현이 모용조경에게 한차례 고개를 끄덕여 보이고 곧바로 함양성을 향해 신형을 날렸다.

평상시에 본 적이 없던 빠른 움직임!

그가 펼친 건 일반적인 종남파의 경공이나 신법이 아니다.


천하삼십육검!


종남파에서 유일하게 초월경에 돌입했던 풍천진인에게 그동안 비무를 통해 전수받은 의념의 극치! 바로 종남제일검법의 발현이었다.

천하삼십육검의 검형!

스스로를 하나의 검으로 벼려내어 어검비행의 형태로 무위(無爲)의 경공술을 펼쳐낸 것이라 할 수 있었다. 천하의 어떤 고수라도 감히 시도할 수 없을 정도로 일반적인 무공 이론과 완전히 다른 방식으로 말이다.

第八章

9명의 십팔령주!

　스으!

　이현은 무위술을 이용해 단숨에 함양의 성곽을 뛰어넘었다. 성곽 이곳저곳에는 족히 천 명이 넘는 신마맹의 병사들이 보초를 서고 있었으나 그들 중 누구도 이현의 행적을 파악할 수 없었다.

　어검비행과 동일, 혹은 더 상위에 있는 무위의 경공은 일반인에겐 흡사 한줄기 바람이나 다름없었다.

　바로 옆을 스쳐 지나간다 해도 이현이란 존재를 알 수 없고, 느끼는 것도 불가능했다.

　그렇게 함양성에 은밀하게 잠입한 이현은 곧바로 성내의 복잡한 골목으로 파고들었다.

　종남파를 떠나 함양으로 향하던 중 모용조경에게 신마존주와 신마맹에 관한 정보를 대부분 전달받은 상황이었다.

특히 현재 신마맹의 본거지라 할 수 있는 함양성에는 모용조경이 십여 일 전 직접 뛰어들었다가 가까스로 탈출했다고 했다. 목연과 숭인학관 사람들을 구출하려다 힘이 부족해서 그녀 자신만 도망쳤던 것이다.

그래서 이현은 함양성의 내부에 대해서 충분할 정도로 숙지했고, 일견 복잡해 보이는 골목의 정보 역시 쉽사리 파악할 수 있었다.

'저쪽이로군!'

골목 안을 빠른 걸음으로 이동하다 눈에 이채를 발한 이현이 다시 무위술을 발휘했고, 그는 다시 한줄기 바람이 되었다.

그렇게 얼마나 지났을까?

한참 동안 복잡한 골목을 빠르게 헤집고 다니던 이현이 문득 무위술을 풀고 걸음을 멈췄다.

그의 앞에는 어느새 한 채의 커다란 장원이 보였다. 모용조경이 목연과 숭인학관 사람들이 붙잡혀 있다고 지목한 신마맹의 핵심 거처였다.

'어디 경계가 얼마나 삼엄한가 볼까?'

이현은 무위술에 집중시켰던 의념을 빠르게 확장시켰다.

어찌 보면 기감을 이용하는 것과 비슷하나 원리는 완전히 다르다.

기감이 체내에 축적한 내공을 몸 밖으로 배출해서 기(氣)를 띠고 있는 생명체의 움직임을 포착하는 것이라면 의념은 더욱 상위의 개념을 사용한다고 할 수 있었다.

기가 아니라 정신체, 그 자체를 몸 밖으로 내보내서 아주 높은 곳으로 띄운 다음 아래를 관조하듯 내려다본다고나 할까? 그러니까 쉽게 말하자면 영혼 이체나 분리와 비슷하고 할 수 있었다.

　즉, 기로 생명체를 느끼는 게 아니라 영혼과 동격인 정신체의 제삼의 눈으로 자신이 원하는 장소를 확인하는 방법이었다. 그리고 그건 아주 직접적이고 상세한 정보를 시전자에게 전달해 주었다.

　'그렇군.'

　이현이 의념으로 장원 내부를 확인하고 곧바로 무위술을 펼쳤다.

　스으!

　그의 신형이 순간적으로 공중으로 떠올랐고 곧이어 한줄기 바람으로 변해 장원으로 날아들었다. 미리 파악한 대로 가장 인적이 드문 방향으로 뛰어들었기에 별다른 방해는 없었다. 아주 간단하게 장원에 침투해서 곧바로 내부 깊숙한 곳으로 향하게 되었다.

　그렇게 얼마나 이동했을까?

　모용조경에게 전해 들었던 목연이 갇힌 건물을 눈앞에 둔 이현의 눈살이 가볍게 찡그려졌다.

　'이 느낌은…….'

　생각보다 빨리 몸이 반응했다.

　스륵!

　순간적으로 무위술 상태에서 벗어난 이현을 노리며 수십 가닥의 전광 같은 검기와 도기가 날아들었다. 그가 무위술을 푼 것과 동시에 벌어진 일!

아니다.

그보다 조금 더 빨랐다고 봐도 무방했다. 그만큼 이현을 노리며 펼쳐진 검기와 도기는 빨랐고 정확했다. 하나도 빠짐없이 이현의 전신사혈을 완벽하게 노리며 펼쳐졌다.

흔들!

이현의 신형이 가볍게 요동쳤다.

그러자 거짓말처럼 그의 전신을 스치며 사라져 가는 검기! 그리고 도기들!

이 한차례의 움직임만으로 이현은 자신을 노리며 날아든 수십 개가 넘는 검기와 도기의 공격을 무마시켰다. 마치 그들 스스로가 일부러 이현에 대한 공격을 포기한 것처럼 말이다.

"헉!"

"으음!"

이 놀라운 회피에 여기저기서 놀라움과 경악에 찬 탄성이 터져 나왔다. 설마하니 이 정도로 강하고 압도적인 기습 공격이 실패하리라곤 상상조차 하지 못했음이 분명하다.

물론 이현은 그런 정도로 만족하지 않았다.

슥!

순간적으로 다시 신형을 이동시킨 이현이 갑자기 엉뚱한 방향에서 모습을 드러냈다.

순간 이동?

정말 그렇게 보인다.

그렇게 그는 공간을 뛰어넘었고, 아주 다른 공간에서 모습을 드러냈다.

그리고 공격을 가한다.

철산고!

쾅!

이현이 신형을 반회전한 순간, 전신을 묵포로 휘감고 있던 장년의 도객이 폭발하는 듯한 굉음과 함께 날아갔다. 수중의 검은 색 장도와 함께 이현의 의념이 담긴 철산고에 피 화살을 쏟으며 박살 나버리고 만 것이다.

"감히!"

"이놈이!"

그러자 묵포 도객과 근접한 곳에 몸을 은신하고 있던 자의 검객과 백의 도객이 동시에 이현을 공격해 왔다. 그들 3인은 같은 공간에 몸을 숨긴 채로 이현을 암습했고, 움직임 역시 동일하게 호흡을 맞춰 왔다.

'삼재?'

이현은 삼재진을 떠올리곤 손가락을 가볍게 휘저었다. 철산고를 펼친 동작에서 특별한 변화를 보이지 않고서 합공에 가담한 자의 검객과 백의 도객에게 일격을 가했다.


천하삼십육검! 천하도도!


이현의 손가락에서 명동(鳴動)한 한 가닥 의념이 검형을 이루고 자의 검객의 미간을 찔렀다.

픽!

이어 다시 움직인 천하도도의 쾌속검이 사선을 그리며 떨어져 내리며 백의 도객의 옆구리를 긁어내렸다.

쩌억!

자의 검객은 절명했다.

백의 도객은 옆구리에서 내장을 쏟아내며 바닥에 무너져 내렸다.

저벅!

그와 동시에 가볍게 한 걸음을 앞으로 내디딘 이현이 바닥에 무너져 내린 채 도를 휘두르려던 백의 도객의 머리를 발로 걷어 찼다.

픽!

백의 도객의 머리가 깨졌다. 그리고 힘을 잃고 반 바퀴를 돌면서 바닥에 자빠졌다. 자의 검객과 마찬가지로 절명해 버린 것이다.

피웅!

그때 공간을 가르는 날카로운 소리와 함께 화살이 날아들었다.

'소리보다 더 빠르다!'

이현의 눈에 이채가 어렸다.

그는 이와 같은 화살 공격을 과거 한차례 경험한 바 있었다.


신마맹 마궁철기대 대주 신궁령주!

처음으로 신마맹과 악연을 맺었던 그와의 대결에서 이현은 음속을 뛰어넘는 화살 공격을 감당해야만 했다. 마궁철기대 자체가 정예 기마 화살부대였고, 그곳의 대주인 신궁령주의 궁술은 가히 무림일절이었다. 출종남천하마검행으로 단련된 이현조차 그와의 대결에서 상당히 고전한 바 있었다.

그러니 무림에 이와 같은 궁술의 소유자가 또 있을 것인가?

이현은 내심 고개를 가로저으며 청명보검을 뽑아들었다.

전날과 달리 내공이 턱없이 부족한 상태!

원거리에서 날아든 화살을 맨손으로 감당해 낼 이유는 없었다.

스파앗!

이현의 청명보검이 수십 장 밖에서 날아든 화살을 두 동강 냈다. 그리고 다시 휘둘러지자 시간 차로 날아든 세 대의 화살을 마저 잘라 버렸다.

그리고 그와 동시였다.

슥!

스스스슥!

또 다른 삼재진을 형성한 여섯 명의 검객과 도객이 이현을 포위 공격했다. 방금의 화살 공격으로 이현의 손발을 묶어 놓고서 여섯 명의 고수가 합공을 가해왔다. 마치 처음부터 이렇게 하기로 약속이라도 한 것같이 말이다.

'좋은 합공!'

이현은 내심 고개를 끄덕였다. 첫 번째 암습 이후 계속해서 이어진 연계 공격은 상당히 훌륭했다. 의념을 갈고 닦아서 천하삼십육검을 사용하고 있는 이현에게 충분할 정도로 위협을 가하고 있었다.

하지만 이현에겐 청명보검이 있었다.

스파앗!

그의 손에서 다시 청명보검이 움직였고, 곧 검신이 심검의 의념을 두른 채 기하급수적으로 확장되었다. 의형의 검날이 청명보검을 타고 성장하여 여섯 명의 고수를 향해 휘저었다.

천하삼십육검! 천하도사!

천하를 뒤덮는 검사(劍絲)가 흡사 누에가 실을 뽑아내듯 끊임없이 쏟아졌다. 그리고 단숨에 여섯 고수의 전신을 휘감아갔다. 그들의 몸을 수십 토막으로 잘라 버렸다.

"크악!"

"으악!"

"으아악!"

맨 앞에서 달려들던 첫 번째 삼재진!

단숨에 산산조각 났다.

그들은 단말마의 비명과 함께 피안개를 뿜어내며 바닥에 후두둑 떨어져 내렸다.

그러고도 남은 천하도사의 검사!

이현의 청명보검의 흐름을 따라서 공중에서 한차례 회전을 보인 검사가 두 번째 삼재진을 직격했다. 하늘에서 떨어져 내리는 천공의 뇌전처럼 빠르고 강렬하게 자신의 앞을 가로막는 세 자루의 도와 검을 쪼개 버렸다. 그리고 거기에 더해 세 고수의 생명까지 한꺼번에!

"쿠억!"

"컥!"

"흐어억!"

앞서와 마찬가지로 단말마의 비명과 함께 이현의 주변은 단숨에 피바다로 변했다. 그를 향해 합공해 들어왔던 여섯 명의 고수들이 형성했던 2개의 삼재진이 모조리 박살 나버린 것이다. 맨처음 이현이 공격했다 죽은 고수들과 마찬가지로 말이다.

그때 다시 날아든 세 발의 화살!

파팟! 팟! 팟!

이현은 마치 기다리고라도 있었던 것처럼 수중의 청명보검으로 화살들을 절단했다.

의념일체의 상태!

원거리에서 날아드는 화살이 제아무리 음속의 속도를 자랑한다 한들 무용지물이었다. 청명보검의 단금절옥의 검날을 이용해서 몇 발이든 간단하게 제거해 냈다.

'자! 이젠 어떻게 할 셈이지?'

이현은 연달아 청명보검을 휘둘러 날아든 화살을 제거하고 주변을 둘러봤다. 단숨에 9명이나 되는 절정급의 고수들을 죽인 탓인지 그의 주변은 일시 평온함을 회복했다. 그를 공격했다가 죽은 고수들이 뿜어낸 피로 범벅된 게 조금 아쉬울 뿐이었다.

이윽고 주변을 둘러보던 이현의 시선 속으로 한 명의 독특한 외양의 노문사가 모습을 드러냈다.

선풍도골(仙風道骨)이라 해야 할까?

노문사는 한눈에 보기에도 비범해 보이는 외양에 정갈한 학창의를 걸치고 있었다. 만약 한쪽 손과 다리를 감싼 옷자락이 바람이 불 때마다 빈 채로 흔들리지 않는다면 앞서의 비범한 외양이란 말은 실례일 터였다.

"당신은……."

이현이 노문사를 향해 입을 떼자 그가 흡사 축지법을 연상케 하는 신법으로 다가들다 걸음을 잠시 멈췄다.

두둥실!

축지법이란 표현을 떠올린 것처럼 노문사의 신형은 한 치가량 공중에 떠 있었다. 그 상태로 땅을 접어 달리는 것처럼 간격을 좁혀 오다가 신형을 멈춰 세운 것이다. 여전히 공중에 신형을 띄운 채로 말이다.

"…이곳의 두목이로군?"

이현이 노문사에게 하려던 말을 마저 끝냈다. 그러자 오 장의 간격을 두고 이현을 묵묵히 바라보고 있던 노문사가 문득 입가에 흐릿한 미소를 만들어냈다.

"두목이라……."

"아닌가?"

이현의 다분히 도발기가 섞인 질문에 노문사가 주변을 둘러봤다.

이현과 노문사 간의 간격!

오 장!

그 사이로 9명의 피칠갑을 한 고수들이 쓰러져 있었다. 다양

한 방식으로 이현의 청명보검에 죽음을 맞이한 그들에게서 흘러내린 다량의 핏물 역시 흘러넘쳤다.

그 아수라장과 같은 광경을 눈으로 확인한 후 노문사가 다시 입을 열었다.

"마검협 이현! 소문으로 들었던 것보다 훨씬 대단한 고수로구나! 신마맹이 자랑하던 십팔령주 중 9명의 합공을 단숨에 끝장내버리다니 말이야……."

'신마맹의 십팔령주?'

이현이 눈살을 가볍게 찌푸려 보였다.

신마맹의 십팔령주라면 그도 몇 명 알고 있었다. 철목령주였던 달리파와 신궁령주 등과 몇 차례나 싸워본 적이 있었으니까.

그래서 조금 의아했다.

이현이 상대했던 달리파나 신궁령주에 비해서 방금 전 상대했던 9명은 상당할 정도로 무공의 수준 차이가 났다.

분명 그들 역시 달리파나 신궁령주처럼 절정급의 고수이긴 했으나 절대 동수라고 볼 수는 없었다. 초급과 중급, 아니, 상급 정도의 수준 차가 존재하고 있었다.

특히 달리파의 경우 평상시 자신의 신공절학을 상당 부분 숨기고 있었기에 무공의 격차는 더욱 극심했다. 오늘 상대한 9명중 3명 정도는 달리파 혼자서 싸워도 이길 수 있을 거라 생각됐다.

그 같은 이현의 의구심을 눈치챈 것일까? 노문사가 빈 소매를 가볍게 흔들며 말했다.

"하긴 신마맹의 십팔령주들은 현재 위대한 마신에게 종속된 탓에 제대로 된 힘을 발휘할 수 없었긴 해. 그러니 이제 어찌해야 하려나?"

"……."

"그렇군. 조금 더 강한 자들을 붙여서 상대하게 해야겠군. 방금처럼 검이나 칼 같은 것에 썰리지 않는 강력한 육체를 지닌 자들로 말이야."

"……!"

모든 의념을 노문사에게 집중시키고 있던 이현이 흠칫 놀란 기색이 되었다.

꿈틀!

부르르!

꿈틀!

부르르!

느닷없이 이현의 주변에 피칠갑을 하고 쓰러져 있던 9명의 고수들이 몸에서 진동을 일으키며 신형을 일으켜 세웠다. 흡사 죽음에서 돌아온 자들처럼 영혼이 느껴지지 않는 동공을 악의로 빛내면서 다시 이현 앞에 선 것이다.

'강시(殭屍)?'

이현은 곧바로 머릿속에 떠오른 단어를 지워 버렸다.

그가 알고 있는 무림의 강시와 눈앞의 9명의 고수들은 완전히 달랐다. 방금 전까지 그들은 완벽하게 살아서 이현을 합공했고, 그의 천하삼십육검에 썰려서 죽음을 맞이했다. 눈앞의 기이한 노문사가 등장하기 전까진 분명 그러했다.

'그렇다면 답은 간단하겠군! 저자를 죽인다!'

이현이 언제 당황했냐는 듯 곧바로 임전 태세에 들어갔다.

스슥!

그의 수중에서 청명보검이 움직였고, 이미 발동 직전에 이르러 있던 의념이 폭발한 것이다.

천하삼십육검! 천하성산!

묵직한 의념이 태산 같은 힘을 담아 되살아난 9명의 고수들을 찍어 내렸다.

쾅!

그 결과 가장 먼저 되살아난 고수 3명이 피떡이 되어 밖으로 날아갔다. 천하성산의 압도적인 강검에 몸이 넝마처럼 변해서 십여 장 밖으로 튕겨져 나간 것이다.

그리고 곧바로 신형을 움직인 이현!

스으— 팟!

순간적으로 자신의 몸을 천하삼십육검과 하나로 만든 이현이 청명보검 그 자체가 되어 노문사를 향해 파고들었다.

천하삼십육검! 천하도도!

극강의 쾌검결이 단숨에 노문사를 관통했다.

그 자체로 청명보검과 하나가 된 이현의 의형의 심검이 깨끗하게 베어버렸다.

그러나 다음 순간!

'허상(虛像)!'

이현은 노문사가 감쪽같이 자신의 앞에서 자취를 감춘 걸 직감했고, 그런 그를 향해 되살아난 6명의 고수가 맹렬하게 달려들었다.

"크오오!"

"크와아아!"

"크와아아아!"

처음과는 달라진 분위기! 그에 걸맞은 야성의 폭발! 더불어 폭발적인 힘까지!

이현을 덮친 6명의 고수들은 상상 이상의 괴력으로 이현에게 부딪쳐 왔다. 무공을 익힌 고수라기보다는 야수를 닮은 거칠고 빠른 움직임으로 이현의 생명을 위협해 온 것이다.

'게다가 그것만은 아닐 테지.'

이현이 내심 눈살을 찌푸리며 수중의 청명보검과 함께 신형을 회전시켰다.


천하삼십육검! 천하도괘!


그의 발끝에서 시작된 작은 원이 허리의 탄력을 받아서 어깨로 전이되었다가 곧바로 손목으로 움직였다. 그리고 그렇게 강화된 회전력이 다시 청명보검을 향해 전달된 순간!

번쩍!

정명한 검날을 따라서 유동한 의념의 심검이 거대한 원운동과 함께 6명의 고수들을 직격했다. 그들을 반월형의 검강기로 순식간에 일도양단해 버린 것이다.

그런데 바로 그때였다.

"크오오!"

"크아아악!"

"크아아아아!"

무리해서 펼친 천하도괘의 후폭풍으로 호흡을 가다듬고 있던 이현의 배후로 3명의 고수들이 괴성을 지르며 달려들었다. 처음에 천하성산으로 날려 보냈던 자들이 그새 몸을 재구축하고 야수성을 폭발하고 있었다.

'큭!'

이현이 내심 이를 악물었다.

거칠어진 호흡!

역시 내공이 부족한 상태에서 의념을 계속 집중시키는 건 무척 어렵다. 의념을 극한까지 일으켜서 큰 기술을 펼친 직후엔 지금과 같은 허탈 상태를 찔릴 수 있었기 때문이다.

그러나 다음 순간!

번쩍! 번쩍! 번쩍!

이현은 언제 호흡이 거칠어졌냐는 듯 연달아 천하도도를 날렸다. 어느새 역수로 쥐어진 청명보검에 의념을 담아서 등 뒤에서 덮쳐든 세 명의 고수들의 머리통을 단숨에 쪼개 버렸다. 강시를 상대할 때 머리를 완전히 박살 내는 것 외엔 별다른 대응 방법이 없다는 걸 알기에 펼친 수법이다. 무림에서 사법과 마도를 횡행하던 방문좌도의 문파들과 싸울 때의 경험을 되살려서 야수화된 고수들을 상대한 것이다.

그러자 과연 효과가 있었다.

털썩! 털썩! 털썩!

이현의 천하도에 머리통이 절반으로 쪼개진 3명의 고수들이 연달아 바닥에 떨어져 내렸다. 여전히 몸을 꿈틀거리곤 있으나 더 이상 움직이지 못했다. 어떻게든 제압에 성공한 듯싶다.

'그런데 이것만으로 끝나진 않을 듯싶군.'

이현이 역수로 쥐고 있던 청명보검을 바로 들며 신형을 천천히 되돌렸다.

호흡!

어느새 정상적으로 돌아왔다.

짧은 사이 호흡과 동작을 일체화시키는 데 성공했다.

그러고 다시 의념을 집중시켜 노문사의 행방을 확인하려 할 때였다.

스슥! 스스스스슥!

이현은 이미 자신이 수천 명이 넘는 대군에 포위되었음을 깨달았다. 애초부터 노문사는 9명의 신마맹 영주들을 이용해서 이현의 발을 붙잡아 놓은 후 수천 명의 대군으로 포위할 생각을 하고 있었음이 분명하다.

'즉, 처음 느꼈던 것처럼 무공보다는 머리를 주로 사용하는 자라고 봐야겠군.'

이현은 천천히 머리를 굴리며 상황이 상당히 골치 아파졌다고 생각했다.

첫 대면부터 그는 노문사가 무인이기보다는 모사에 가깝다고 생각했다. 그래서 곧바로 그를 제거하려 했다. 전력을 다한 일격으로 죽여야만 한다 여겼다.

하지만 그 시도는 실패했고, 우려했던 것처럼 현재 이현은 수
천 명의 대군에 포위당해 버렸다. 천생 무인에다 무림인으로 평
생을 보내온 이현에겐 꽤나 낯선 상황에 처하게 된 셈이다.

'게다가 상당히 체계화된 병사들이로군. 역시 신마맹이란 놈
들의 진짜 목표는 섬서성 무림의 패권 따위가 아니라 천하 쟁패
란 것일 테지?'

천하 쟁패!

이현은 이와 같은 말을 과거 검치 노철령과 주목란에게 들은
바 있었다. 목연에게 공부를 할 때도 어느 정도 설명을 들었다.
천하 쟁패란 천하 대사의 다른 말이나 다름없다는 식으로 말이
다.

그렇다.

천하 쟁패란 무림인의 용어가 아니었다.

정치!

바로 천하를 경영하는 정치가와 군주들에게 어울렸다. 그들의
세계에서나 존재하는 말이었다.

그래서 이현은 곧 깨닫게 되었다.

눈앞의 이 세력!

신마맹!

그리고 이 정체불명의 세력을 이끄는 노문사는 무림이 아니라 천하 그 자체를 원하고 있었다. 중원 천하를 뒤흔들어 놓은 북경지난과 마찬가지로 무림에서 시작하여 황권을 유린할 반역을 꿈꾸고 있음이 분명한 것이다.

"주 군주는 이런 점을 걱정해서 날 섬서성으로 보낸 것이로군. 정말 대단한 아가씨란 말이야."

이현은 진심으로 주목란에게 감탄하고 수중의 청명보검을 치켜 올렸다.

눈앞의 수천 명의 대병!

그들은 하나같이 용맹무쌍한 눈빛과 야수성을 겸비하고 있었다. 아마도 웬만한 대명의 정병과 비교해도 결코 떨어지지 않는 무력을 지키고 있을 터였다.

하지만 그들의 상대는 바로 마검협 이현!

천하제일인을 꿈꾸던 종남파의 최강고수였다.

제아무리 숫자가 수천 명에 이른다 하나 무림의 세계에 들어와서 함부로 농단을 벌이는 걸 그냥 지켜보고 있을 순 없었다. 아주 본때를 보여줄 심산이었다.

"그럼 가볼까?"

이현이 나직한 중얼거림과 함께 청명보검과 하나가 되었다.


천하삼십육검! 천하수조!


처음부터 강검으로 간다! 압도적인 숫자를 자랑하는 눈앞의 대병에게 지금부터 시작될 전투가 결코 일반적이지 않을 거란

점을 알려주기 위해서!

번쩍!

순간 이현이 청명보검의 검신 속으로 모습을 감췄고, 강렬한 백광이 수천 명 병사들의 눈을 멀게 만들었다. 그리고 병사들을 삼지창의 모양새로 가르고 지나간 세 가닥의 검강!

"크아악!"

"으아악!"

"으아아아악!"

단말마의 비명과 함께 이현의 바로 앞으로 진격해 들어오던 병사 수백 명이 단숨에 몰살당했다. 이현이 천하수조를 강검의 형식으로 펼치자 중장갑으로 무장해 있던 병사들 수백 명이 순식간에 사분오열당해 버린 것이다.

부르르!

이현이 천하수조를 펼친 여진이 담긴 청명보검을 다시 움직였다.

이번에는 발검의 자세!

그리고 다시 빠르게 검격을 날린다.


천하삼십육검! 천하도도!


쾌속의 검형이 이번 역시 강검의 형태로 날아갔다.

뒤따르는 비명성!

세 가닥으로 갈라졌던 병사 무리 중 가운데에 더욱 심한 홈이 패였다. 1열을 이루고 있던 삼백 명이 비명 속에 몰살당한 상태에서도 이현을 향한 돌격을 준비하던 2열의 백여 명이 천하도도의 검형에 모조리 관통당했다. 그렇게 수천 명의 병사들이 이루고 있던 이 열을 다른 열들과 이격시켜 버린 것이다.

슥!

그 속으로 이현이 뛰어들었다.

검을 휘두른다.

이 역시 천하삼십육검?

그보다는 종남파의 검학 그 자체라 할 수 있다.

그는 두 차례 검격으로 만들어 놓은 혼란 속에서 미친 듯이 검을 휘둘러 댔다. 강렬하고 처절한 강검에도 불구하고 자신을 포위한 병사들이 전혀 물러설 기미를 보이지 않는다는 걸 눈치 챘기 때문이다.

피의 윤무(輪舞)!

그리고 그 모습을 묵묵히 지켜보는 한 쌍의 시선.

스으!

자연스럽게 삼 층 건물 높이 정도로 공중 부양해 있던 노문사가 문득 눈살을 가볍게 찌푸려 보였다.

"마검협 이현… 소문으로 듣던 것보다 더한 괴물이 아닌가? 저만한 검학의 소유자는 운검진인을 제외하곤 들어본 바도 없었거늘. 뭐, 저만한 검학이라면 조금 더 지켜보고 싶은 마음도 있지만 병사들의 소모가 더 심해지면 곤란하니 이쯤에서 정리하도록 할까?"

나직한 중얼거림과 동시였다.

스사사사삭!

스사사사삭!

한 무리의 양 떼처럼 이현이란 호랑이에게 도륙을 당하던 수천 명의 병사들 사이에서 문득 작은 움직임이 일어났다. 노문사의 의지에 의해 신마맹의 비밀고수들이 이현을 죽이기 위한 작업에 들어간 것이다.

*        *        *

움찔!

목연은 갑자기 가냘픈 몸을 가볍게 떨면서 정신을 회복했다.

깜빡! 깜빡!

정신을 차리고도 한참 동안 머릿속이 멍해서 목연은 몇 차례나 눈을 감고 뜨길 반복했다. 그렇게 해도 그녀의 표정은 여전히 변하지 않는다. 그동안 식사를 할 때를 제외하곤 항상 몽롱한 정신 상태로 갇혀 있었기 때문이다.

그러다 문득 목연의 표정이 변했다.

불쑥!

갑자기 그녀의 면전으로 얼굴을 확 들이민 사람은 다름 아닌 천향마녀 갈소옥이었다. 전대의 절세마두이자 잠입술, 은신술, 역용술의 대가인 그녀가 지금 목연의 앞에 모습을 드러내고 있는 것이다.

"목 소저, 날 알아보겠어요?"

"으으음……."

"이런, 완전히 정신이 녹아내렸잖아! 어떤 망할 녀석이 목 소저에게 이런 사술을 걸어놓았담!"

갈소옥은 나직하게 투덜거린 후 재빨리 목연을 둘러업었다. 얼른 그녀를 데리고 이 무시무시한 장소를 탈출하고 싶었다. 이 현이 잔뜩 일으키고 있는 소란이 끝나기 전에 말이다.

한데, 바로 그때였다.

스윽!

목연을 둘러업고 방을 빠져나오던 갈소옥이 갑자기 진저리 치는 표정을 지어 보였다.

'배, 배후를 붙잡혔다!'

그렇다.

그녀는 확실하게 눈치챌 수 있었다. 목연이 감금되어 있던 방을 빠져나오자마자 무서운 고수에게 꼬리를 밟혔음을.

그러니 이제 어찌해야 할까?

순간적으로 목연을 버리고 혼자서 탈출하는 걸 떠올린 갈소옥이 피식하고 웃어 보였다. 문득 숭인학관에서 시녀장이 된 그녀에게 지나칠 정도로 잘해줬던 목연의 맑고 따뜻한 얼굴을 떠올려 버리고 만 것이다.

'게다가 목 소저를 포기한다 한들 이 끔찍한 곳에서 확실하게 탈출할 수 있다는 보장도 없잖아!'

내심 빠르게 생각을 정리한 갈소옥이 재빨리 신형을 분신시켰다. 자신이 알고 있는 최고의 신법으로 위기를 모면하기 위해 최선을 다했다.

그러나 바로 그 순간!

슈칵!

섬뜩한 파공성과 함께 광섬을 닮은 검강이 갈소옥을 덮쳐왔다.

"아악!"

갈소옥의 팔이 잘렸다. 배후를 선점당한 상태에서 무리하게 신형을 날리다가 검강에 팔이 잘려 버린 것이다.

하나 그녀는 그 순간에도 포기하지 않았다.

스스스스슥!

그녀는 고통을 참고서 다시 신형을 분신시켰다. 여전히 목연은 그녀의 등에 매달려 있었다. 남은 한 팔로 목연의 엉덩이를 단단하게 붙잡고서 전력을 다해 앞으로 내달렸다.

그렇게 건물을 거의 빠져나왔을 때였다.

슈칵!

다시 예의 검강이 날아들어 갈소옥의 다리를 베어냈다.

털썩!

그녀를 바닥에 나뒹굴게 했다.

그러는 동안에도 갈소옥은 혹시 목연이 다칠까 봐 자신의 몸으로 그녀를 감싸안았다. 그게 현재 자신이 할 수 있는 일의 전부라도 되는 것처럼 말이다.

하나 그것도 잠시뿐.

곧 세 번째 검강이 갈소옥의 얼굴 위로 떠올랐고, 비로소 검강을 날린 주인의 얼굴을 확인한 그녀의 입술이 꿈틀거렸다.

"씨발 년이……."

푸확!

갈소옥의 목에서 핏물이 왈칵 솟구쳐 올랐다. 결국 그녀는 목연을 구출하는 임무를 완수하지 못한 것이다.

스륵!

갈소옥의 시체에 파묻혀 있는 목연을 조심스럽게 꺼낸 검강의 주인이 잠시 침묵했다.

눈앞의 목연!

평소와 달리 백치미를 물씬 풍기고 있다. 오랫동안 사술에 정신이 침습당해서 의식을 회복한 상태에서도 뭔가 행동이나 눈빛이 어눌해 보였다.

하지만 곧 목연의 눈이 평소의 총명함을 회복했다.

"당신은 모용 소저……?"

"잠이나 자세요."

모용조경이 수중의 천룡보검을 휘둘러서 목연의 수혈을 점혈했다.

"…아!"

그렇게 다시 잠들어 버린 목연.

그녀를 바라보며 다시 침묵에 젖어 있던 모용조경이 고개를 가볍게 저어 보였다.

무슨 생각을 한 것일까?

아니, 그보다 왜 이런 짓을 벌이고 있는 것일까?

무수한 의혹만을 남긴 채 모용조경은 목연을 둘러업고 바람처럼 신형을 날렸다. 지금 바로 가야만 할 곳이 있었다.

第九章

시산혈해(屍山血海) 속에서 싸우다!

스파앗!

이현의 청명보검이 대기를 가르자 그를 향해 달려들던 창병 수십 명이 피보라를 일으키며 쓰러졌다.

스슥!

파파팟!

하나 그때를 노려서 다시 십여 명의 창병과 도수부가 이현의 배후를 공격해 왔다.

여태까지와는 다른 움직임!

거의 천여 명에 육박하는 사상자를 낸 끝에 달라진 전법이다.

그들은 육참골단(肉斬骨斷)의 참혹한 전법을 사용하기 시작한 것이다.

그러나 변한 건 그들만이 아니었다.

스윽!

창병과 도수부가 배후로 달려든 것과 동시였다.

가볍게 신형을 반 회전한 이현의 청명보검이 연달아 가벼운 검광을 만들어 냈다.

처음과는 다른 미세한 검광(劍光)!

의념이 실리지 않은 검의 흐름이다.

하나 그것만으로 십여 명의 창병과 도수부의 움직임을 제압하긴 충분했다.

핏! 핏! 핏!

가장 앞에서 달려들던 창병 세 명이 목과 미간 사이를 각각 찔린 채 바닥에 쓰러졌다. 뒤이어 달려들던 도수부 다섯 명 역시 비슷하다.

그들은 다시 움직인 청명보검의 흐름에 얽매여 휘청이다 연달아 피분수를 뿌려댔다. 기묘하게 움직인 이현의 청명보검에 베이고, 찔려서 단숨에 격렬한 출혈을 뿜어내게 되었다. 흡사 그들이 든 도 사이사이로 청명보검이 찌르고 들어간 것 같은 형국!

슥!

이현은 다시 청명보검을 휘둘렀다.

피를 뿌려대며 휘청이던 도수부 다섯 명을 그렇게 창병처럼 바닥에 눕게 만들었다.

그리고 한차례 회전!

첫 번째와 반대 방향으로 크게 신형을 돌려세운 이현의 청명보검이 검초를 뿌려냈고, 다시 여섯 명의 창병이 짚단처럼 무너졌다. 앞서와 달리 특별히 의념을 실은 검초를 뿌린 게 아님에도 단숨에 십수 명이 넘는 병사를 쓰러뜨린 것이다.

그렇게 만들어진 잠시간의 틈!

자신을 중심으로 만들어진 살육의 원 속에서 이현이 가볍게 호흡을 가다듬었다. 그의 전신에서 뜨거운 수증기가 후욱 뿜어져 나온다. 연달아 의념을 담은 천하삼십육검을 사용한 탓에 몸 안의 체온이 급속도로 올라갔다. 과거와 같은 내공력이 뒷받침되지 않는 상태라 체력이 급속도로 소진되는 걸 느끼지 않을 수 없었다.

'다행히 그 괴상한 늙은이는 이런 내 상태를 아직 파악하지 못한 것 같군. 만약 중간중간 짧게나마 호흡을 가다듬을 시간을 갖지 못했다면 아주 큰 낭패를 볼 뻔했는데 말이야.'

이현은 호흡을 가다듬으며 내심 눈살을 찌푸려 보였다.

방금 전 그는 상당히 위기였다.

수천 명이나 되는 병사들에게 위압감을 주기 위해서 처음부터 좀 심하게 무리했다. 의념을 잔뜩 고양시킨 상태로 천하삼십육검을 전력으로 펼쳐냈다. 그렇게 대학살극을 펼쳐서 병사들에게 공포를 전염시키고, 전열을 흐트러뜨리려는 의도였다.

이건 과거 사마외도의 사악한 종교에 빠져서 날뛰던 광신도들을 사용할 때 익힌 필살기였다. 제정신이 아닌 자들에겐 더욱 강한 충격 요법을 사용해야만 효과를 볼 수 있고, 이번처럼 절대적인 숫자의 우위를 지닌 자들을 제압할 땐 더욱 그러했다. 아예 혼이 빠져나갈 정도로 만들어야 했다. 무자비하고 확실한 공포로써 말이다.

그런데 놀랍게도 오늘 이현을 포위한 수천 명의 병사들에겐 그 필살기가 전혀 먹히지 않았다. 무자비하고 절대적인 학살을 이현이 보여줬음에도 병사들은 전혀 공포심을 느끼지 않았다. 인간적인 감정을 보이지 않았다.

병사들은 마치 살아 있는 인형 같았다.

그렇게 이현을 공격해 왔다.

학살을 당하면 잠시 물러났다가 곧바로 공격에 나섰다.

흡사 조수와 같다.

거친 파도가 밀려들었다가 잠시 물러나는 것처럼 병사들은 동료들의 시체를 밟으며 계속 진격해 왔다. 어느 순간부터는 죽어 나갈 때 지르는 비명조차 잦아들었다. 그들은 기계처럼 무감정하고 차갑게 공격을 가해 왔다. 그것도 갈수록 아주 효율적이고 날카롭게 말이다.

덕분에 이현은 중간부터 심각한 고통에 시달렸다.

의념!

하단전에 위치한 기해혈로부터 진기를 끌어올려 사용하는 게 아니다.

굳이 설명하자면 상단전!

인당의 근원 위치에서 발동된다고 할 수 있었다. 천지교태와 같이 인간으로서 하늘과 땅의 균형자가 되어 천지간의 힘을 사용하는 것이다.

당연히 그 힘은 절대적이고 완벽했다.

완성되었기만 한다면 말이다.

'쳇! 운검 선배와 풍천 사숙에게 연달아 교육을 받았는데도 아직 천지교태에는 이르지 못했단 말이지! 정말 나란 녀석도 대

단한 둔재로구나! 이런 잔재주 따위로 연명해야만 했을 정도로 말이야……'

이현은 내심 한탄했다.

운검진인과의 비무로 의념을 일깨운 후 그는 줄곧 자신의 무학 이론을 정립하는 데 전념해 왔다. 새롭게 발을 디딘 의념의 세계 속에 빠르게 익숙해지기 위한 노력이었다.

그러다 그는 종남파에서 풍천진인과 만났고, 그에게서 오랫동안 미완성 상태였던 천하삼십육검의 진결을 얻게 되었다. 운검진인과 마찬가지로 풍천진인과 함께 비무를 거듭하면서 천하삼십육검과 의념을 하나로 만드는 작업에 들어갔고, 상당한 성취를 얻은 것이다.

하지만 아직 그의 천하삼십육검은 미완성 상태였다.

의념과의 합치!

아직 부족했다. 역부족이었다.

완전무결한 천지교태와는 꽤나 큰 차이를 두고 있다는 뜻이다.

그래서 이현은 눈앞의 수천 명이나 되는 병사들과의 대결에서 극심한 피로를 느낄 수밖에 없었다.

천지교태를 이루지 못한 상태에서 의념을 실은 천하삼십육검을 마구 남발한 탓에 어느 정도 선부턴 확연할 정도로 기력이 딸리는 상태가 되었다.

내공의 도움을 전혀 받지 못하는 상태인 터라 피로도는 더욱 극심했다. 특히 이 정도로 무리를 했는데도 아무런 공포나 망설임 없이 계속 전력으로 달려드는 병사들을 잔뜩 남겨 놓은 상황에선 더더욱 그러했다.

결국 이현은 중간부터 기교에 의존했다.

의념을 포기했다.

그냥 단순한 기술과 청명보검의 날카로운 검인(劍刃)에 의지한 채 병사들의 공격을 견뎌냈다. 호흡이 완전히 안정화되고, 체력이 회복될 때까지 그런 식으로 버티려 했다. 그게 그가 선택한 최후의 방법이었다.

그리고 그는 어느새 그런 방법에 익숙해졌다.

단순한 기술?

기교?

그 단순함이 호흡을 안정시키는 데 큰 도움이 되었다. 연달아 사용했던 강력한 의념기보다 기력 소모가 덜했고, 효율적이었다. 특수한 형식으로 공격해 들어오는 병사들을 상대하기엔 이보다 더 좋은 방법이 없는 것 같았다.

그렇게 그의 주변엔 어느새 천여 명이 넘는 시체가 쌓였다.

병사들의 파상적인 공세 속에서 이현은 새로운 무학의 형식에 무심코 한 발을 내딛게 된 것이다. 자신도 의식하지 못하는 상태에서 말이다.

그때 천천히 호흡을 가다듬고 있던 이현의 눈살이 찌푸려졌다. 파상적인 공세를 멈추고 그로부터 병사들이 간격을 벌린 이유를 뒤늦게 깨달았기 때문이다.

'이 자식들… 설마!'

이현은 등골이 서늘해지는 걸 느끼며 본능적으로 청명보검을 휘둘렀다.

서걱!

분명히 들려오는 파육음!

그와 함께 이현의 주변에 널브러져 있던 병사들의 시체들이 하나둘씩 일어나기 시작했다. 병사들에 앞서 상대했던 신마맹의 아홉 고수들처럼 거짓말처럼 죽음으로부터 회군(回軍)한 것이다.

"이런 일이 가능하다구?"

이현은 어이없다는 표정으로 부활한 병사들을 바라봤다.

종남파에서 만났던 풍천진인과 전대고수들!

9명의 신마맹 영주들!

연이어 부활을 목격해 왔지만 지금처럼 황당하진 않았다. 눈앞의 병사들은 결코 그들 정도의 무림고수가 아니었고, 숫자 역시 비교가 되지 않을 정도로 많았다. 이렇게 한꺼번에 죽은 자를 부활시킨다는 건 옛 이야기책에서도 들어본 바가 없었다.

하지만 눈앞에 벌어진 일은 이미 현실!

"크아아!"

"크아아아아!"

죽음에서 되살아난 병사들은 하나같이 기괴한 울부짖음을 토하며 이현에게 다가들었다. 보기만 해도 흉물스러운 모습, 그 자체다.

'하아! 그러니 다시 죽여야겠지?'

내심 한숨을 내쉰 이현이 청명보검에 의념을 실었다.

부활한 병사들!

만약 예의 부활 고수들과 마찬가지라면 적당한 공격으론 씨알도 먹히지 않는다. 단숨에 목을 날리거나 몸 전체를 박살 내버려야만 한다. 그렇지 않으면 계속 부활해서 이현의 발목을 잡아당길 것이다. 물속에서 만난 물귀신처럼 말이다.

천하삼십육검! 천하성산!

이현이 의념기를 발동하자 부활한 병사들 수백 명이 한꺼번에 날아갔다. 이미 죽었던 육체가 순식간에 산산조각이 나며 육편이 사방으로 비산했다.

게다가 그뿐만이 아니다.

"크악!"

"으악!"

"으아악!"

이현의 천하성산에 박살 난 수천 개가 넘는 육편 조각에 얻어맞은 후위의 병사들이 연달아 비명을 터뜨렸다. 처음부터 작심하고 천하성산에 격산타우의 타법을 실어서 날린 탓에 육편 조각에 얻어맞은 병사들이 중상을 당하고만 것이다.

당연히 그건 시작에 불과할 뿐!

"후읍!"

다시 호흡을 길게 들이켠 이현이 연달아 천하삼십육검을 쏟아냈다. 부활한 병사들에게 안식을 줌과 동시에 이 싸움을 한시라도 빨리 끝내기 위함이었다. 지금 그가 할 수 있는 일은 오직 그것뿐이라는 듯 최선을 다했다.

그렇게 얼마나 지났을까?

삽시간에 절반 이하로 줄어든 병사들 사이에서 한 마리 호랑이처럼 날뛰고 있던 이현이 갑자기 뒤로 신형을 물렸다.

스윽!

뿐만 아니다.

스파앗!

그는 수중의 청명보검을 휘둘러서 자신의 앞에 검막을 펼쳐냈다.

병사들과 싸운 후 처음으로 펼친 방어 초식!

이유는 곧 밝혀졌다.

쾅!

맹렬한 폭발음과 함께 이현의 신형이 주르륵 뒤로 물러났다. 느닷없이 하늘에서 날아든 한 덩이 강기의 직격이 만들어낸 현상이었다.

그리고 그와 동시였다.

스르륵!

이현이 물러난 자리로 붉은색 불덩이가 떨어져 내렸다.

도깨비불?

그렇진 않았다.

타오르는 불꽃을 닮은 마갑을 걸친 사내! 조준!

그가 바로 하늘에서 갑자기 떨어진 것처럼 모습을 드러낸 도깨비불의 정체였다. 그는 이현에게 강기를 날린 후 지상에 내려왔는데, 몸 전체로 마갑이 뿜어내는 강렬한 마기를 휘감고 있었다.

보는 것만으로 불길해 보이는 기운!

'저게 바로 고대마교의 유물이라는 마신흉갑인가?'

이현이 청명보검으로 자신의 몸을 가린 채 내심 눈을 빛냈다.

운검진인과 비무를 하던 중 그는 대막의 마신과 그와 관계된 몇 가지 무림기물에 대한 얘기를 나눴는데, 그중 하나가 바로 마신흉갑이었다. 마신의 분신이나 다름없다는 이 기물에는 특별한 마력이 존재하는데, 반드시 매개체가 있어야만 발동할 수 있다고 했다.

매개체!

바로 인간이다!

마신에게 영육을 바친 인간!

그리고 그 인간의 격이 바로 마신흉갑의 마력의 크기나 다름 없었다. 인간의 격이 크면 클수록 마신흉갑의 마력은 마신의 힘을 온전히 받아들여서 무시무시한 괴력을 발휘하게 되는 것이다.

'그리고 현생에서 마신흉갑의 매개체로 선택된 게 하필이면 명왕종의 술사인 조준! 저 녀석이란 말인가?'

더할 나위 없다는 말은 이런 때 사용하라고 만들어진 게 분명하다.

본래 명왕종은 대막의 술사 집단이었다.

북천명왕을 비롯한 다수의 신격(神格)을 모시면서 술법을 행사하고 술사로서의 자질을 다듬는다. 술법의 경지가 일정한 정도에 이르지 않는다면 결코 명왕종을 떠날 수 없었다. 흡사 중원 무공의 태산북두로 불리는 소림사처럼 엄격하게 외부로 출입

하는 제자의 수준을 관리하는 것이다.

그러나 운검진인의 말에 의하면 근래 들어 명왕종은 타락했다. 본래 모시고 있던 다수의 신격 중 마신을 추종하는 자들이 명왕종의 대권을 장악했다.

그리고 그들이 추종하는 마신은 바로 고대마교로부터 발원한 천마였고, 오래전 중원을 휩쓸었던 마세인 구마련과 대종교가 숭배하는 존재였다.

당연히 그 명왕종의 술사이자 고수인 조준은 현재 마신의 마력을 사용할 마신흉갑의 매개체로 극상의 존재였다. 그란 존재가 마신흉갑을 걸친 이상 마신은 이미 현세에 강림한 것이나 다름없다고 봐도 무방했다.

이현이 내심 생각을 정리하고 있을 때, 마신흉갑을 뒤집어쓴 조준의 눈이 검붉은 마광을 번뜩였다.

번쩍!

'이런!'

이현은 재빨리 청명보검으로 대응했다.


천하삼십육검! 천하도괘!


이현을 덮친 조준의 안광이 순식간에 세 갈래로 찢어졌다. 분산되었다.

하나 그것만으론 충분치 않았다.

쩍! 쩌적!

순간적으로 이현의 옆구리와 허벅지 부근에서 핏물이 튀어

올랐다. 그의 천하도쾌에 잘려 나간 조준의 마광의 파편이 속도를 늦추지 않은 채 파고들었다. 옆구리와 허벅지 살점을 큼지막하니 떼어내 버린 것이다.

이현 또한 그냥 당하고만 있진 않았다.

스윽!

순간적으로 의념과 동화된 무위술에 들어간 이현이 청명보검을 곧추세웠다. 그리고 그 검첨을 몇 차례에 걸쳐서 분신시킨다.

천하삼십육검! 천하비사!

이현과 하나가 된 청명보검이 진동을 일으켰다. 순식간에 수만 번에 이르는 빠르기!

그와 함께 이현과 검첨에 맺힌 심검지기가 공간 이동하듯 조준의 바로 앞에 모습을 드러냈다. 그와의 간격을 극단적일 정도로 좁히고 들어가서 강력한 찌르기에 들어간 것이다.

그러나 다음 순간이었다.

콰득!

어느새 이현의 청명보검은 조준의 손아귀에 붙잡혀 있었다. 놀랍게도 맹렬한 진동과 함께 펼쳐낸 천하비사가 파훼되었다. 조준이 단순한 손동작에 의해서 말이다.

'어떻게?'

이현이 의혹을 느낀 것과 동시였다.

스륵!

조준의 다른 손이 움직였다. 살짝 위로 수장을 올리더니, 장저로 이현의 턱을 올려쳐 버렸다.

터덕!

극히 작은 동작!

그에 걸맞게 작은 소음!

휘청!

반면 이현의 신형은 지진을 만난 것처럼 크게 흔들렸다. 조준이 갑작스럽게 쏟아낸 마광보다 단순한 장저의 올려치기가 그에게 더 큰 피해를 줬다.

'뇌가 흔들린다……'

이현은 극심한 뇌진탕을 느끼며 재빨리 뒤로 상반신을 물렸다. 조준의 장저에 얻어맞기 전, 왼쪽 팔을 목에 둘렀다. 그렇게 함으로써 뇌진탕에 들어가는 걸 막아낸 것이다.

하지만 이 방어도 완벽하진 않았다.

조준의 장저에 실린 기운이 단순하지 않았으니까.

'…이 자식, 장저에 내가중수법을 심어놨구나!'

내심 이를 갈면서 이현은 의념을 머릿속에 집중시켰다.

인당 깊숙한 곳에서 천지교태의 중계점 노릇을 하고 있던 기운을 뇌 속으로 이동시켰다. 일단 내가중수법에 실린 공력에 뇌가 용오름처럼 휘말려서 박살 나는 것만은 막아야 했기 때문이다.

픽!

그러자 그 찰나의 틈을 놓치지 않고 조준의 슬각이 이현의 옆구리로 파고들었다. 정확하게 방금 전 마광의 파편에 얻어맞아 출혈이 일어난 부분이다.

"큭!"

이현이 팔꿈치를 내려서 방어하며 신음을 터뜨렸다. 정확하게 슬격을 막아냈는데도 불구하고 팔꿈치가 절반쯤 박살 났다. 그 정도로 조준의 공격은 강력했다.

스슥!

결국 이현이 견디지 못하고 간격을 벌렸다. 단 두 차례의 공방만에 실전의 달인인 그가 조준과의 접근전을 포기하고 뒤로 물러선 것이다.

그러자 다시 날아든 마광!

번쩍! 번쩍! 번쩍!

이번에는 여러 발이다.

마치 처음부터 이런 상황이 올 것을 알고 있었던 것처럼 조준은 마광을 뿌려댔다. 이현이 물러나는 찰나의 순간과 움직임, 이동 거리를 완벽하게 포착한 채 공격을 가해 왔다.

캉! 카캉! 캉!

이현은 연달아 청명보검을 휘둘렀다.

여태까지완 달리 천하삼십육검을 사용한 게 아니다.

다른 종류의 종남파 검법 역시 아니다.

그는 병사들을 상대할 때처럼 단순명쾌하게 검을 휘둘렀다. 최단의 거리와 최소한의 힘만을 검에 담은 채로 조준이 뿌려낸 마광 공격을 막아냈다.

그것도 지척이나 다름없는 거리에서!

까닥!

조준이 고개를 옆으로 뉘어 보였다.

이번 공격을 이현이 막아낸 것에 자못 놀란 것 같다.

그러나 그보다 더 크게 놀란 건 다름 아닌 이현이었다.

'이게 가능해? 어째서?'

무리도 아니다.

이현이 조준의 마광 공격을 검으로 막아낸 건 특별한 법칙이나 이유가 있어서가 아니었다. 어쩔 수 없어서 자신의 본능에 의지한 것에 불과했다.

의념기를 이용한 천하삼십육검으로도 한 발의 마광을 완벽하게 막아내지 못했다.

그때보다 훨씬 상황이 악화된 채로 세 발이나 되는 마광 공격을 막아낼 수 있다는 생각 따윈 애초에 할 수 없었다. 그냥 목숨만이라도 부지하려는 마음으로 예의 검격을 날렸다고 할 수 있었다.

그런데 이 같은 결과라니!

이현이 잠시 당혹감과 경이로움에 휩싸여 있을 때 조준이 다시 움직이기 시작했다.

스슥!

'없어졌다!'

이현의 동공이 커졌다.

바로 코앞에서 조준이 감쪽같이 모습을 감춰 버렸기 때문이다.

다음 순간!

퍼퍽!

느닷없이 이현의 바로 옆에 모습을 드러낸 조준의 슬격이 예의 상처 입은 옆구리로 파고들었다. 이현이 보는 앞에서 감쪽같이 모습을 감춘 것과 거의 동시에 벌어진 일이다.

쩌억!

'갈비뼈가 나갔다!'

이현이 인상을 썼다.

조준의 이번 슬격은 제대로 먹혔다. 뒤늦게 의념을 옆구리에 집중해서 호신했으나 완벽하게 막는 데 실패했다.

의념의 호신기를 뚫고 파고든 슬격의 충격에 내장이 흔들리고 갈비뼈 몇 개가 금이 갔다. 완전히 박살 나서 내부 장기를 모조리 찢어발기지 않은 것만으로 다행이라고 생각해야 할 정도였다.

빙글!

이현은 이를 악문 채 신형을 회전시켰다.

파팟!

그리고 발끝을 돌리자 조준이 손을 들어 막는다. 천하비사를 막아냈을 때와 전혀 달라지지 않았다. 완벽하게 똑같은 방식으로 공격을 방어해 낸 것이다.

물론 거기까지만이었다.

타닥!

자신의 공격을 가로막은 조준의 수장으로부터 가볍게 발을 빼낸 이현이 가볍게 신형을 띄워 올렸다.

파팍!

이어 공중에서 반회전 한 이현의 청명보검의 검날이 불쑥 조준의 미간 사이를 노린다. 회심퇴에 이어 예의 임기응변 식의 검격을 날린 것이다.

쩡!

그러자 일어난 불꽃!

순간적으로 조준의 방어를 뚫고 파고든 이현의 검격에서 상서롭지 못한 검붉은 화기가 치밀어 올랐다.

청명보검의 검첨이 찌르고 들어간 조준의 어깻죽지에서 벌어진 일이다. 마신흉갑이 가로막지 못한 틈을 파고들었음에도 마화(魔火)의 호신기에 가로막혔다.

파팟!

이현은 거기에 굴하지 않고 재차 검날을 날렸다. 공중에 거꾸로 뜬 상태에서 다시 검격을 미세하게 변화시켜서 조준의 목과 등판을 재차 찔렀다.

움찔!

이번에는 효과가 있었다.

청명보검의 검첨에 연달아 찔린 조준의 신형이 가볍게 흔들렸다. 진동했다. 역시 마신흉갑의 방어력이 완전무결한 건 아니었던 것이리라.

하지만 막 이현이 바닥에 착지했을 때였다.

번쩍!

조준의 마신흉갑에서 갑자기 몇 개나 되는 눈알이 생겨나더니, 그곳에서 마광이 쏟아져 나왔다.

수백 개!

아니다!

수천 개였다!

'큭!'

이현이 내심 신음하며 청명보검을 전후좌우로 휘둘렀다. 다시 천하삼십육검으로부터 벗어났다.

의념을 떠올릴 생각조차 할 수 없었다.

느닷없이 허를 찔린 상황에서 오로지 자신의 목숨을 구하는 것만 생각했다. 망아(忘我)나 다름없는 상태가 되어 미친 듯 검을 휘두른 것이다.

그렇게 얼마나 지났을까?

문득 망아에서 벗어나 제정신을 회복한 이현은 가벼운 전율을 느꼈다.

'도대체 무슨 일이 벌어진 거지?'

이현은 주변을 둘러봤다.

그러자 드러난 참상!

방금 전까지 이현과 조준이 대결을 벌이던 장소 주변은 수천 명의 병사가 집결해 있었다. 이현의 손에 죽었다가 되살아난 부활병과 아직 살아 있는 병사들이 빼곡하게 주변을 포위한 채 삼엄한 경계에 들어가 있었다.

그러나 지금은 아니다.

전혀 그렇지 않았다.


시산혈해(屍山血海)!


수천 명에 달하던 병사들 중 현재 생존한 자는 단 한 명도 없었다. 전멸했다. 그것도 극도로 시신이 훼손된 상태로 말이다.

어떻게 이런 일이 벌어진 것일까?

이현은 이해가 가지 않았다.

그러다 문득 오른손이 떨리고 있다는 걸 깨달았다.

그의 오른손!

어깨로부터 시작해 손목을 거쳐 다섯 개의 손가락까지 이어진 부위는 미미한 경련에 휩싸여 있었다. 그리고 그로 인해 청명보검 역시 마찬가지로 흔들렸다. 망아 상태에서 조준의 마신흉갑이 뿜어낸 수천 개가 넘는 마광을 방어해 낸 대가이리라.

'그럼 그때 내가 쳐낸 마광으로 인해 이런 일이 벌어진 건가?'

참혹한 일이다.

상상조차 쉽지 않은 일이었다.

그러나 이현은 곧 현실을 받아들였다.

조준!

여전히 마신흉갑의 불길한 마광에 휩싸여 있는 마신의 화신은 자신이 만들어낸 시산혈해 위에 오롯하게 머물러 있었다. 마치 방금 벌어진 혈사와 아무런 관련이 없는 것처럼 존재감을 과시할 따름이었다.

불끈!

이현이 청명보검을 꽉 쥐었다. 눈앞의 조준이 마음에 들지 않았기 때문이다.

"조준! 정말 완전히 먹혀 버린 것이냐!"

"……"

"만약 그렇다면 나는 정말로 네게 실망이다!"

"……"

이현의 노성에 조준은 아무런 반응을 보이지 않았다. 그는 그저 마신흉갑의 마광에 휩싸인 채 이현을 바라보고 있었다. 어떠한 감정도 드러내지 않고서 그러했다.

슥!

그런데 그때 갑자기 조준의 배후로 한 명의 피투성이 병사가 다가들었다.

병사?

그보다는 무사라고 해야 할 것 같다.

피에 젖은 회백색 장포!

바람에 이리저리 흔들리는 한쪽 소맷자락!

강철을 닮은 냉막한 안색의 중년 무사의 얼굴은 분명 이현에게 낯이 익었다.

한빙신마 단사령!

바로 그였다.

북경지난!

그 중심이었던 어전비무대회에 참가한 결선 출전자에 몰래 숨어들어 온 단사령은 파양대전에서 모용조경에게 중상을 입혔다. 그녀를 몰래 암습한 후 천룡보검을 훔쳐서 파양대전에서 달아났다.

그 후 이현은 열이 받아서 한동안 단사령의 행방을 찾았으나 그는 감쪽같이 자취를 감춘 뒤였다. 칠황야의 명으로 호위를 맡고 있던 십삼황자 주덕룡조차 내버린 채 북경에서 완벽하게 사라져 버렸기 때문이다.

'그런데 어째서 그 한빙신마 단사령이 이런 곳에서 모습을 드러낸 것이지? 역시 그 역시 신마맹이 칠황야 쪽에 심어놨던 비밀 고수였던 것인가?'

이현이 빠르게 염두를 굴릴 때였다.

파앗!

순식간에 조준에게 접근한 단사령이 기묘한 동작으로 그의 배후를 찔러갔다.

기습!

'응?'

이현의 눈이 커졌다. 단사령이 조준을 기습했기 때문이 아니다.

그가 기습적으로 찔러간 동작!

꽤나 낯익었다.

과거 운검진인과의 비무 중 몇 번인가 경험한 바 있던 자하구벽검이었으니까.

"크헉!"

조준이 비명을 내뱉었다.

단사령(?)의 자하구벽검이 완벽하게 먹혀든 것이다.

그러자 다시 눈을 뜬 마신흉갑!

이현을 강제적 망아의 상태로 몰아넣었고, 수천 명이나 되던 병사들을 몰살시켰던 예의 마광이 단사령을 노렸다. 그를 향해 기괴한 눈을 수백 개나 드러낸 채 살인적인 붉은색 광선을 뿜어내려 한다.

그러나 그때 단사령이 다시 손을 썼다.

자하구벽검! 천우도무검!

이현을 몇 번이나 빈사 상태로 만들었던 운검진인의 비전 절
학이 단사령의 손에서 재현되었다.

콰득!

그는 '하늘의 도움으로 검이 필요치 않게 되었다'는 검초의 이
름에 걸맞게 맨손으로 조준의 마신흉갑을 꿰뚫었다.

"크오오!"

다시 조준이 비명을 터뜨린다.

아니다.

이건 조준의 음성이 아니었다. 그와 오래전부터 알고 있는 이
현은 분명히 단언할 수 있었다.

'…물론 여기서 중요한 점은 그런 게 아니겠지!'

내심 눈을 빛낸 이현이 하늘을 바라보며 울부짖는 조준을 향
해 청명보검을 치켜 올렸다.

절호의 기회!

단사령의 정체를 알아내는 건 후일로 미루고 지금은 마신의
화신이 된 조준을 제압할 때였다. 지금이 아니면 다시는 기회가
오지 않을 수도 있으니까.

그런데 바로 그때였다.

스파앗!

막 조준을 향해 의념을 집중시켜 가던 이현의 배후로 갑자기

검광 하나가 떨어져 내렸다.

신검합일!

절정급의 고수가 전력을 다해 펼친 혼연일체(渾然一體)의 공격
이 이현을 정확히 양단시킬 기세로 펼쳐냈다. 느닷없이 하늘에
서 떨어져 내린 날벼락!

파팟!

이현의 청명보검이 뒤늦게 움직였다.

한순간 늦은 반응!

그러나 곧 극단적일 정도로 빨라졌다. 언제 조준을 노리고 있
었냐는 듯 이현의 청명보검은 민활하게 움직여서 갑작스러운 신
검합일의 기습을 막아냈다.

창!

검과 검이 부딪쳤다.

격렬한 충돌음과 함께 시퍼런 광채를 흩뿌린다.

스슥!

그 사이로 이현의 청명보검이 움직였다. 이동했다. 기습적인
신검합일을 막아낸 것과 동시에 상대의 검날을 비껴서 흘려내곤
곧바로 반격에 나선 것이다.

팟!

"악!"

'이 목소리는……!'

이현이 흠칫 놀란 표정이 되었다. 기습을 받자마자 발동된 망

아지검의 반격을 받고 흘러나온 비명성이 묘하게 귀에 익었기 때문이다.

그리고 그와 동시였다.

빙글!

청명보검에 어깻죽지를 찔린 기습자가 공중에서 신형을 회전시켰다.

일검을 허용한 상태에서 반격에 나선 것일까?

반은 맞고 반은 틀리다.

기습자가 신형을 공중에서 회전시킨 것과 동시에 이현은 더욱 놀란 표정이 되었다. 자신을 기습한 사람이 다름 아닌 모용조경이고, 그녀의 천룡보검에 깃든 시퍼런 검강을 뒤늦게 확인했기 때문이다.

게다가 한 가지 더!

모용조경은 혼자의 몸이 아니었다.

그녀의 등에는 역시 익숙한 사람이 업혀져 있었다.

목연!

그녀가 의식을 잃은 채 모용조경의 등에 업혀 있었다. 모용조경과 한 몸이 된 채 이현의 앞에서 회전을 보이고 있었다. 찰나에 가까운 순간, 이현은 이 모든 정보를 한꺼번에 받아들여야만 했다.

스파앗!

이어서 날아든 천룡보검의 검강!

슥!

이현이 곧바로 모용조경을 찔러가던 청명보검을 거두고 재빨리 신형을 뒤로 물렸다. 망아지검의 자연 발동을 강제로 억제한 것이다.

당연히 반동이 없을 리 만무하다.

'큭!'

순간적으로 자연스러움을 잃고 꼬여 버린 의념의 충돌 현상에 이현은 이를 악물었다. 그 자체로 완벽하던 의념이 머물러 있던 인당의 상단전에서 찢어지는 듯한 고통이 퍼져 나갔다. 흡사 불에 달궈진 칼날로 뇌를 후벼파는 것 같은 고통!

휘청!

고통으로 인해 신형을 비틀거리는 이현의 가슴에서 핏물이 튀어 올랐다. 모용조경의 천룡보검에 가슴을 길게 베어버렸다. 마지막 순간 고통 때문에 정신이 아득해진 탓에 완벽하게 그녀의 검강을 회피하는 데 실패했다.

파파파파팟!

그러자 모용조경이 비정하게 다시 천룡보검을 휘둘러 왔다.


성광추혼검! 성광일섬!


고소 모용가 비전의 쾌속검이 이현의 전신을 휘감았다. 모용조경은 성광일섬을 놀랍게도 수십 차례에 걸쳐서 펼쳐냈다. 기회를 놓치지 않고 고통으로 정신이 혼미한 이현을 단숨에 죽여 버리려 한 것이다.

파파파파팟!

이현이 뒤로 휘청거리며 물러나면서도 연달아 청명보검을 휘둘렀다.

의념이 꼬인 상태에서 고통을 참으면서 휘두른 검격!

허술하고 엉성하다.

속도 역시 모용조경의 성광추혼검에 비할 바는 못 되었다.

하나 놀랍게도 이현의 청명보검은 모용조경의 성광추혼검을 하나도 빼놓지 않고 쳐냈다. 검격의 흐름 하나하나를 모조리 끊어 버렸다. 뒤늦게 출수하고도 중간에 속도를 높여서 검극의 움직임을 제압해 냈다.

스윽!

그리고 한 걸음을 내딛어 후퇴하던 움직임에 반전을 꾀한 이현이 청명보검을 거꾸로 쥐었다.

역수검!

휘두르기 위함이 아니었다.

퍽!

그는 검병으로 모용조경의 복부를 가격했다. 단 한 걸음의 움직임만으로 그녀와의 간격을 극단적일 정도까지 좁히는 데 성공할 수 있었다.

"악!"

또다시 비명을 터뜨리며 모용조경의 허리가 꺾였다. 이현의 의념이 담긴 일격에 일시적으로 숨이 막혀서 혼절해 버린 것이다.

스르륵!

얼굴을 지면으로 향한 채 무너져 내리는 모용조경을 이현이 한 손으로 감싸 안았다. 그리고 그녀의 등에 여전히 업혀 있는 목연을 바라본다.

'의식은 없지만 다행히 생명에는 지장이 없군.'

의념을 투과(透過)시켜 목연의 몸을 살핀 이현이 내심 안도했다. 모용조경을 때려서 기절시킨 게 마음에 걸리긴 했으나 목연을 구출해 내는 데 성공했다. 이번 함양행의 목표 중 한 가지는 확실하게 이룬 것이다.

그때였다.

"크오오오오오!"

조준의 입에서 다시 괴성이 터져 나왔고, 곧 마신흉갑이 폭발할 것처럼 붉은 마광을 분출해 냈다. 단사령과의 대결이 극에 이르렀음이 분명하다.

번쩍!

그리고 대폭발!

순간적으로 모용조경과 목연을 양손에 안아든 이현이 재빨리 무위술을 펼쳐서 하늘로 날아올랐다. 일시에 의념을 있는 대로 분출해서 갑작스러운 마신흉갑의 대폭발로부터 도망쳤다. 그의 본능이 그러라고 강하게 요구했기 때문이다.

그렇게 십여 장 이상 하늘로 치솟아 올랐던 이현이 천천히 지상으로 떨어져 내렸다.

대폭발의 여진!

자욱한 분진으로 형성된 뭉게구름이 지상을 가득 메웠다. 방금 전까지 수천 명이 넘는 시체들로 넘쳐났던 공간이 모조리 가려져 버렸다.

그러나 이현은 의념을 집중해서 뭉게구름의 내부를 한눈에 꿰뚫어 봤다.

'저기군!'

이현의 시선이 향한 곳!

조준이 있었다.

단사령이 있었다.

그리고 또 한 존재!

"크아아아악! 놔라! 날 놔라!"

단사령의 손에는 반투명한 영체가 붙들려 있었다. 조준이 모습을 드러내기 전에 상대했던 외팔, 외다리를 한 노문사가 온몸을 버둥대며 울부짖었다. 어떻게 된 일인지 처음 봤을 때와는 완연히 달라진 반투명한 영체로 화해 단사령에게 붙잡혀 버린 것이다.

단사령 역시 그리 좋은 상태는 아니었다.

목불인견(目不忍見)의 피투성이 상태!

그는 방금 전의 대폭발을 온몸으로 고스란히 받아낸 듯 핏물에 절여진 모습이었다. 어떻게 아직도 죽지 않고 살아 있는지 의심스러울 정도였다.

이현이 조심스럽게 말했다.

"운검 선배……."

단사령이 이현을 돌아보며 히죽 웃어 보였다.

"알아봤더냐?"

"…자하구벽검! 그렇게 완벽한 자하구벽검을 운검 선배가 아니면 누가 구사할 수 있겠습니까?"

"허허, 괄목상대(刮目相對)로구나! 과연 천하의 인재야!"

"……."

"게다가 괄목상대한 건 식견만은 아닌 듯하구나. 그동안 의념기를 뛰어넘는 걸 얻은 듯하구나?"

"운검 선배에 비하면 아직 미숙합니다."

"겸손까지?"

"제가 이래 봬도 공맹의 도리를 배운 학사거든요."

"푸헐!"

나직하게 대소를 터뜨린 운검진인이 그때까지도 버둥거림을 멈추지 않은 노문사에게 준엄하게 말했다.

"이놈! 네놈이 어떻게 마신흉갑을 얻어서 마신을 강림시켰는지는 모르겠으되, 이제 모든 것이 끝났느니라!"

"끝나?"

"그래, 네놈을 마신흉갑에게서 분리시켰으니 강림이 풀린 마신은 다시 대막의 초원 저편으로 떠나가고 말 것이니라!"

"개소리!"

운검진인을 향해 버럭 소리 지른 노문사가 갑자기 청수하던 얼굴을 흉신악살처럼 바꿨다.

"나 현사! 대초원을 지배하던 위대한 푸른 늑대의 후예로서 마신을 강림시켰노라! 수만 명의 불사 병단을 만들어내 중원을 다시 대원 제국의 수중에 넣으려 했건만, 아쉽게도 마신의 선택을 받지 못하고 말았구나!"

'마신의 선택을 받지 못했다고?'

이현이 의아한 표정을 지어 보인 것과 동시였다.

움찔!

운검진인이 현사의 말속에 담긴 의미를 눈치챈 듯 화급하게 이현에게 소리쳤다.

"당장 검으로 마신흉갑을 걸친 자의 목을 베거라! 어서!"

"……."

이현이 본능적으로 청명보검을 치켜 올렸다. 그 역시 현사가 내뱉은 말속에 담긴 의미를 바로 알아들었기 때문이다.

그러나 바로 그 순간!

번쩍!

절반 이상 남아 있던 뭉게구름 속에 석상처럼 굳어 있던 조준의 전신이 다시 마광에 휩싸였다. 그리고 천지 사방으로 휘몰아치는 수천 개의 혈뢰강기!

'망아! 나를 잊는다!'

이현이 청명보검을 마구 휘둘렀다. 그 자신과 모용조경, 목연을 한꺼번에 보호하기 위해 조금도 쉬지 않고 맹렬하게 검격과 검격의 선을 그려 냈다.

그럼 운검진인은?

그는 오히려 다시 자하구벽검을 펼치며 조준을 공격해 들어갔다.

번쩍!

마광을 꿰뚫는 일섬(一閃)!

"크아아아아아악!"

그리고 소멸!

운검진인에게 붙잡혀 있던 현사의 반투명한 영체가 혈뢰강기에 수천 조각으로 분쇄되었다. 존재 자체가 완벽하게 소멸해 버리고 만 것이다.

운검진인 역시 마찬가지다.

순간, 그가 사용하고 있던 단사령의 육체에 수천 개의 실금이 형성되었다. 혈뢰강기를 무시한 채 조준을 공격하다 육체의 한계에 봉착해 버렸다. 한빙신마라 불리던 전대의 거마 단사령이었으나 조준이 일으킨 혈뢰강기를 감당할 수 없었고, 운검진인의 자하구벽검 역시 완벽하게 펼치기엔 역부족이었던 것이리라.

"아쉽게도……."

"……."

"…뒷일은 종남파의 애송이. 네놈한테 맡겨야만 하겠구나!"

"운검 선배……."

이현의 말을 끝까지 듣지도 못하고 운검진인이 빙의되어 있던 단사령의 육체가 폭발했다. 몸 전체에 퍼져 있던 실금들이 일제히 핏물을 뿜어내며 산산조각이 난 육체가 바닥으로 무너져 내렸다.

第十章

정상에서의 결전!
꽃 피는 봄이 오면……

"망할!"

이현은 자신도 모르게 버럭 소리 질렀다.

천하제일인 운검진인!

화산파와 종남파의 관계를 떠나 이현에겐 평생의 숙적이자 목표였다.

처음으로 검을 손에 쥔 순간!

그때부터 줄곧 마음먹고 있었다. 언젠간 운검진인을 자신의 손으로 이기고야 말겠다고 말이다.

그렇다.

이현에게 있어서 운검진인은 목표이자 선망의 대상, 그 자체였다. 마음속 가장 소중한 곳에 위치한 절대적인 이상향이나 다름 없었다.

그런데 그 운검진인이 눈앞에서 몰락했다.

산산조각이 나서 흩어졌다.

비록 그것이 한빙신마 단사령이란 매개체에 불과했다곤 하나 기분이 더럽지 않을 리 만무했다. 흡사 어린애가 가장 좋아하던 걸 강제로 빼앗겨 버린 것과 같았다. 어떤 것으로도 대체할 수 없는 걸 남에게 강탈당한 것이다.

그러니 이제 어찌해야 할까?

"……."

이현은 잠시 조준과 그와 일체가 된 마신흉갑을 노려봤다.

의념의 집중!

이현은 그 어느 때보다 강고한 의념을 일으켰다. 지금 당장 운 검진인의 매개체였던 단사령을 소멸시킨 조준과 생사 일전을 벌일 마음을 굳혔다.

그때 엄청난 양의 혈뢰강기를 내뿜은 뒤 침묵에 빠져 있던 조준에게서 마광이 거짓말처럼 잦아들었다. 그리고 갑자기 평범한 전갑으로 돌변해 버린 마신흉갑!

역시 마광의 영향권에서 벗어난 조준이 평범해진 눈빛을 이현에게 던졌다.

"어리석은 짓을 하려 하는군."

"뭐……?"

"현재의 나는 마신과 혼연일체를 이룬 상태다. 마신의 종속이나 다름없지. 그런 내게 지금 덤벼봤자 방금 전, 운검진인의 화신체처럼 개죽음을 당할 뿐이라는 충고를 하는 것이다."

"……."

이현이 잠시 조준을 바라보다 눈살을 찌푸려 보였다.

"너는… 현재 조준인 거냐?"

"조준이다. 뭐, 완전히 그라고 할 순 없겠지만."

"쉽게 설명해라."

"쉽게 설명하라? 이렇게 하면 되겠느냐!"

조준이 이현과 시선을 마주한 상태를 유지한 채 갑자기 손을 휘저어 보였다.

콰르릉!

그의 가벼운 손짓에 혈뢰강기가 일어났다.

수천 개의 핏빛 강기!

그리고 곧 혈뢰강기는 천지사방으로 기세를 더해 가더니 곧 주변의 모든 것을 불태워 버렸다. 단숨에 이현과 조준 사이에 있는 모든 것을 없애 버리고 만 것이다. 처음부터 아예 존재조차 하지 않았던 것처럼 말이다.

이 압도적인 신위!

단 한 번도 본 적이 없는 신화적인 괴력 앞에서 이현은 극심한 무기력증을 느꼈다. 의념을 일깨움 받아 사용하게 된 후 처음 경험하는 일이었다.

아니, 오히려 반대랄까?

이현은 극대화시킨 의념을 통해서 어느 때보다 확실하게 알 수 있었다. 눈앞에서 초자연적인 혈뢰강기를 일으키고 있는 조준과 자신의 차이를. 그리고 절대로 자신이 조준을 이길 수 없다는 사실을. 그 어떤 방법으로도.

슥!

조준이 혈뢰강기를 거둬들였다.

"이걸로 설명이 되었겠지?"

"너는… 조준이자 마신이라는 거냐?"

"비슷하다."

"……"

"그래서 나는 네게 지금 당장 이곳을 떠날 것을 제안한다."

"어째서?"

"마신이 아니라 나 자신으로서 널 이기고 싶다는 의지이다. 딱히 네게 불리한 조건은 아닐 것이니 받아들여라. 어차피 네게 도 아직 시간이 필요할 테니까 말이야."

"그건 무슨 뜻이지?"

"말 그대로다. 네 의념! 완벽하지 못하다는 걸 알고 있다. 하지 만 약간의 시간이 주어진다면 달라질 수도 있을 테지. 내가 나 자신으로서 이기고 싶어 할 만큼 말이야!"

"……"

이현이 조준을 바라봤다.

운검진인에 의해 현사가 분리된 후 평소 모습으로 돌아온 그. 그러나 달랐다.

평소의 모습을 하고 있으되 이현이 아는 조준이 아니었다. 완 전히 다른 존재로 각성해 있었다.

'그러니 지금은 물러나는 게 옳은 선택일 테지?'

이현은 속이 뒤틀리는 기분을 참기로 했다. 승산이 없는 싸움은 하지 않는 평소의 주의를 관철하기로 한 것이다.

"한 가지 조건이 있다."

"말해라."

"내 사람들과 함께 물러가도록 하겠다."

"그러던지."

무심한 대답과 함께 조준이 갑자기 하늘로 날아올랐다. 평소 모습과 같지만 완전히 다른 초월적인 존재가 되어 그렇게 이현의 앞에서 갑작스러운 퇴장을 했다. 언제가 될지 모를 재회를 기약하며 말이다.


*              *              *


함양성에서 신마맹과 일전을 벌인 직후 이현은 목연과 모용조경을 추스른 후 주변을 돌면서 포로가 된 숭인학관과 숭인상단 사람들을 구출했다.

다행히 조준이 떠난 후 얼마 지나지 않아 모용조경은 의식을 회복했는데, 그녀는 한동안 혼란에 빠져 있었다. 목연과 이현에게 행했던 일에 대한 기억이 전혀 존재하지 않기 때문이다.

모용조경은 한참 동안 고생한 다음에야 자신의 기억이 끊긴 시기를 떠올릴 수 있었다.

전날 그녀는 함양성 부근까지 신마맹의 행적을 추격하던 중 조준으로 추정되는 존재에게 암습을 당했다. 느닷없이 제압당한 후 완전히 기억이 끊겨 버린 것이다.

즉, 종남파에 찾아왔을 때부터 이미 모용조경은 독특한 종류의 사술에 조종당하는 상태였다. 그리고 그녀는 이현에게 접근해서 그를 함양성으로 끌어들였다. 처음부터 두 사람의 함양 행은 철저하게 계획된 함정이라 할 수 있었다.

이 얘기를 전해 들은 이현은 숭인학관과 숭인상단 사람들을 구출하다 발견한 천향마녀 갈소옥의 죽음을 모용조경에게 함구했다. 갈소옥의 죽음이 모용조경의 성광추혼검에 의한 것임을 한눈에 알아봤으나 그녀가 죄책감을 가질 것이 걱정되어 이 사실을 숨겨야만 했다.

그 후 이현은 함양성 인근을 돌아본 후 이곳을 완벽하게 장악하고 있던 신마맹의 대병이 어느새 감쪽같이 사라졌다는 사실을 깨달았다.

이현과 조준의 대결에서 수천 명의 사상자가 났다곤 하나 여전히 신마맹의 군세는 수만 명에 달했다.

그런데 중원의 한 성(省)을 제압하는 데 부족함이 없을 이 엄청난 대병이 도대체 어디로 사라진 것일까? 그리고 그들의 다음 목적지는 어디인 걸까?

이현은 잠시 고민하다 조준이 떠나기 전에 남긴 말을 떠올렸다.

"마신이 아니라 나 자신으로서 널 이기고 싶다는 의지이다. 딱히 네게 불리한 조건은 아닐 것이니 받아들여라. 어차피 네게도 아직 시간이 필요할 테니까 말이야."

'조준 녀석! 결국 나와 제대로 붙어보고 싶다는 거냐? 그렇다

면 다음 목적지는 종남파일 게 분명하잖아!'

길게 생각하고 내린 결론이 아니다.

무인.

타고난 천생 무인으로서의 감이 이현에게 속삭였다. 조준은 현재 마신흉갑을 매개체로 강림한 마신에게 종속되는 것으로부터 벗어나기 위해 투쟁 중이라고. 그리고 그 투쟁에서 승리하면 반드시 종남파로 자신을 찾아올 것이라고.

까닥!

고개를 가볍게 흔드는 것으로 머릿속 정리를 끝낸 이현은 숭인상단을 맡겼던 운칠을 찾아가 뒷일을 부탁했다. 그가 책임지고 숭인상단과 숭인학관 사람들을 데리고 청양으로 돌아가게 한 것이다. 무림인이 아닌 사람들을 이끌고 사지로 돌변할 가능성이 농후한 종남파로 갈 생각은 없었기 때문이다.

그때 여전히 혼란에서 완벽하게 벗어나지 못한 모용조경이 이현에게 다가와 말했다.

"이 공자님, 저도 청양의 숭인학관으로 함께 가도록 하겠습니다."

"그래주시겠소?"

"목연 소저가 아직 의식을 회복하지 못했으니, 제가 돌봐드리는 게 마땅하다고 생각합니다. 그리고 저⋯⋯."

"⋯⋯?"

"⋯아, 아닙니다. 저는 숭인학관에서 목연 소저와 함께 이 공자님께서 돌아오시길 기다리고 있겠습니다."

뭔가 할 말이 있는 듯 머뭇거리던 모용조경이 살짝 불안해진 시선으로 고개를 숙여 보였다.

혼란기가 지나면서 불현듯 기억이 회복된 것일까?

그녀가 침묵을 지키고 있으니 이현으로선 알 도리가 없다. 굳이 알고 싶은 마음도 없었고 말이다.

그렇게 모용조경과 운칠의 호위하에 포로로 잡혀 있던 숭인학관과 숭인상단의 사람들은 무사히 청양으로 떠나갔다. 이현과 남운, 전채연의 배웅을 받으면서 고향으로 돌아간 것이다.

배웅이 끝난 후 이현이 남운과 전채연을 돌아보며 말했다.

"종남파로 돌아가자!"

"예, 사숙조님!"

"예, 종남파로 돌아가요!"

큰 소리로 대답한 남운과 전채연이 은근슬쩍 손을 깍지끼어 잡았다. 그동안 두 사람이 어떤 관계가 되었는지를 은연중 알 수 있는 행동이었다.


\*                \*                \*


종남산.

상천태허궁으로 돌아온 이현을 맞이한 건 뜻밖의 손님들이었다.


서패 북궁세가의 신임 가주 북궁창성!

혈사대 대주 파천폭풍참 악영인과 그녀의 부장 연서인!

세 사람은 이현이 종남산 어귀에 도달하자마자 마치 경쟁이라도 하듯 달려왔는데, 가장 빠른 건 북궁창성이었다. 놀랍게도 세 사람 중 가장 내공이 강하고 무공이 급성장한 사람이 바로 그였기 때문이다.

그보다 조금 늦게 도착한 악영인의 얼굴은 당혹감으로 빨갛게 달아올라 있었다. 함께 상천태허궁에서 출발했는데, 북궁창성보다 늦어 버렸다. 얼마 전까지 북궁창성이 백면서생이나 다름없었다는 걸 알고 있었기에 그녀가 느끼는 충격은 생각 이상으로 컸다.

그러나 그녀를 더욱 화나게 만든 건 연서인이었다.

"이 공자님!"

연서인은 가장 늦게 도착한 후 곧장 이현에게 달려들었다. 거의 육탄 돌격을 방불케 할 기세로 이현의 품으로 뛰어든 것이다.

"연 부장!"

악영인이 놀라서 소리 질렀으나 너무 늦었다. 어느새 연서인은 이현의 품에 절반쯤 안긴 채 활짝 웃고 있었다.

"이 공자님, 어딜 갔다가 오신 거예요? 그동안 서인이는 일각이 여삼추처럼 이 공자님을 기다리고 있었다구요!"

"하하, 생각보다 빨리 돌아왔군. 연 소저, 주 군주 쪽 일은 어찌 되어가고 있소?"

"남경을 함락시켰답니다."

"오!"

"하지만 아직도 여전히 강남 쪽은 반란군의 세력이 강대해요.

주 군주님의 능력이 대단하시지만 올해가 넘길 때까지 그쪽에서 발을 빼긴 힘드실 것 같아요."

"그렇군."

이현이 미미하게 고개를 끄덕이자 악영인이 다시 소리 질렀다.

"좀 떨어져서 대화하시죠!"

"어맛!"

연서인이 그제야 자신의 실태를 알았다는 듯 부끄러운 기색을 꾸며내며 이현에게서 떨어졌다. 하지만 얼굴에 홍조 하나 어리지 않았을뿐더러 자못 의기양양한 기색이 완연한 게 마음만은 떳떳하다는 걸 알 수 있었다.

악영인이 그런 연서인을 살짝 노려보고 이현에게 다가와 말했다.

"형님, 주 군주님의 명을 받고 제 휘하의 혈사대가 현재 종남파 일대에 포진해 있습니다. 몇백 명밖에 안 되지만 관외를 오랫동안 지켜왔던 최정예 부대인지라 능히 수천 명의 정병을 감당할 수 있는 전력입니다."

"수천 명?"

"예, 하나같이 일당십 이상은 하는 녀석들이거든요."

"흠."

이현이 눈살을 가볍게 찌푸려 보이자 북궁창성이 조심스럽게 끼어들었다.

"저희 북궁세가에서도 최정예 무사들을 데려왔습니다."

"몇 명이나 데려왔지?"

"백오십 명 정도입니다."

"충분하군."

"…예?"

"북궁세가의 정예 백오십 명이라면 일반적인 병사를 상대로 할 땐 한 명이 사오십 명 정도는 상대해 낼 테니까 충분하다는 거야. 일당십 이상이라는 혈사대와 종남파의 전력. 그리고 종남 산의 험한 지형지물을 이용한다면 수만 명의 정병이라 해도 쉽 사리 상천태허궁을 공격해 들어올 수는 없을 테니까 말이야. 다 만!"

슬쩍 목소리를 높인 이현이 자신에게 시선을 집중시킨 사람 들을 가볍게 둘러보고 살짝 눈살을 찌푸려 보였다.

"문제는 나로군."

"예?"

"형님이 왜?"

"이 공자님이 문제라고요?"

연달아 세 사람이 동시에 의혹 어린 시선을 던지자 이현이 어 깨를 가볍게 추어 보였다.

"어. 바로 내가 문제야. 지금의 나로서는 신마존주인 조준 그 자식을 이길 자신이 없거든. 이미 함양성에서 한 차례 지기도 했고 말이야."

이현이 태연하게 패배 선언을 하고 팔짱을 꼈다.

\*             \*             \*

"쿨럭!"

풍천진인은 마른기침과 함께 힘겹게 눈을 떴다. 꽤나 오랫동안 기식이 엄엄했던 그가 놀랍게도 이현이 오자 제정신을 회복한 것이다.

"어, 어찌 됐느냐?"

"졌습니다."

"전혀 여지를 남기지 않는 대답이로구나?"

"뭐, 완패했으니까요. 사실 마신흉갑을 통해 강림한 마신은 인간의 무공을 사용하는 게 아니라서 어찌해 볼 수도 없겠더군요."

"그런 것치고는 그다지 분해 보이지 않는데?"

"분합니다. 운검 선배께서 그곳에 오셨었거든요."

"그분이?"

"예, 마신의 강림을 주도했던 현사란 자를 제거하고 함께 산화해 버리셨습니다. 천하제일인의 힘으로도 마신의 강림을 막을 순 없었던 거지요."

"그런 게 아니니라."

"……?"

"운검진인이 장성을 넘어서 마신을 제거하러 떠났던 건 이미 수십 년 전. 만약 그분이 마신의 강림을 여태까지 온몸으로 막아내지 않았다면 진작에 중원은 시산혈해에 인외마경으로 변하고 말았을 것이니라."

"마신에 의해 부활한 불사병들에게 말이지요?"

"불사병? 그리 말하더냐?"

"예."

"허허, 그거 참 어울리는 말이로구나. 부활한 후 죽고 싶어도 죽을 수 없는 몸이 되었으니까……."

"……."

"…하나 마신의 진체(眞體)는 현재 대막의 모처에 운검진인에 의해 봉인되어 있느니라. 비록 마신흉갑의 마력의 도움을 받아서 강림했다곤 하나 단지 화신체에 불과할 뿐이니, 아예 상대할 수 없는 존재는 아닐 것이다."

'그 화신체인 조준 녀석도 무지막지하게 강하던데요?'

이현은 함양성에서 맞붙었던 조준의 혈뢰강기를 떠올리며 내심 중얼거렸다. 무공의 초식을 뛰어넘는 초월적인 힘이기에 한번 싸운 상대는 반드시 이길 수 있다던 평소의 자부심조차 퇴색해 버리고 말았다.

그런 이현의 내심을 읽은 것일까?

마른기침을 다시 터뜨리며 잠시 헐떡이던 풍천진인이 다시 말을 이었다.

"그러기 위해선 필히 네놈이 천하삼십육검을 완성해야만 할 것이니라. 운검진인을 만난 후 진전은 있었더냐?"

"어느 정도 감은 잡았습니다만 여전히 미진한 부분이 있습니다."

"그래서 다 죽어가는 날 찾아온 것이로구나?"

"꼭 그렇다기보다는……."

"되었다. 그동안 안개가 낀 것처럼 흐릿하던 내 머릿속이 갑자기 명료해지고 잊어버렸던 기억이 되살아나기 시작한 걸 보고 어느 정도 예측은 하고 있었으니라. 마신을 불러들였던 주술사의 힘이 깨졌으니, 곧 나도 다시 죽음으로 돌아갈 수 있게 될 테지."

"…그래서 예전에는 해주지 않았던 말을 하신 겁니까?"

"그렇다. 이제 내게 남은 시간이 얼마 없으니, 밖에 있는 장문인을 불러오도록 하거라. 내가 사문에 진 빚을 마지막으로 갚을 때가 되었으니 말이다."


잠시 후.

풍천진인과 독대한 종남파 장문인 원청진인이 팔대장로를 전원 불러왔다. 9명의 종남파 최강고수들이 격체전력을 통해 풍천진인의 쇠약해진 육체에 활력을 불어넣기 위함이었다.

그들이 그동안 풍천진인에게 받은 걸 돌려주는 셈이랄까?

아니다.

그렇다기보다는 잠시 빌려준다고 봐야 옳을 터였다. 풍천진인은 그들 9인에게 그동안 자신의 원정지기를 아낌없이 몰아주고 죽음을 얼마 남겨두지 않은 상태였다. 꺼지기 전의 촛불이 빛을 발하듯 회광반조를 일으켰을 때 마지막으로 이현에게 천하삼십육검의 최후 심득을 전해주기 위해 9명 고수의 격체전력이 필요했던 것이다.

쿠오오오오!

쿠오오오오!

원청진인을 중심으로 구궁의 방위로 도열한 9명의 고수들이 전력을 다해 격체전력을 일으켰고, 그렇게 생성된 거대한 기운이 곧바로 풍천진인에게 전달되었다.

그렇게 전달된 순수하고 강력한 내공진기!

번쩍!

쇠약할 대로 쇠약해져 있던 육신 전체로 찬연한 광채를 일으 킨 풍천진인이 검을 손에 들었고, 맞은편에는 이현이 서 있었다. 그동안 행했던 무수히 많은 비무와 별다를 것이 없어 보이는 자 세와 표정!

그러나 그는 알고 있었다.

이번 비무가 의미하는 게 종남파의 미래임을.

화산파와 마찬가지로 봉문하거나 멸문할 수도 있는 미래의 위 험으로부터 벗어날 수 있는 마지막 기회임을 말이다.

슥!

풍천진인이 어느 때보다 강렬해진 기세와 함께 검을 움직였 다.


천하삼십육검!


종남파 절대검법의 진정한 위력이 유일한 전승자를 통해 세상 에 다시 드러나는 순간이었다.

*          *          *

일 개월 후.

평온하던 종남산 전체가 충격과 공포로 뒤덮였다.

십만이 넘는 대군세!

섬서성 인근에 존재하던 수백 개의 대소 문파의 전력을 가볍게 상회하는 상상 이상의 대군세가 종남산으로 몰려들었다. 단일 개월 만에 함양성에 진을 치고 있던 조준을 따르는 병사들의 숫자가 다섯 배나 늘어난 것이다.

　어떻게 이런 일이 벌어질 수 있는 것일까?

　아니, 그보다 이 엄청난 대병을 방어할 방도란 게 존재하기는 하는 것일까?

　척후를 나섰던 혈사대의 보고를 받고 직접 종남산 아래로 향했던 악영인은 안색이 새파랗게 질려서 상천태허궁으로 돌아왔다.

　그녀가 겪은 관외와 관내의 무수히 많은 전장!

　그 피를 피로 씻어내는 아수라장에서도 경험해 보지 못했던 대군세!

　악영인은 온몸의 털이 모조리 쭈뼛하고 일어나는 걸 느꼈다. 전장에서 절대로 교전에 들어가선 안 되는 대적불가(大敵不可)의 상황이란 걸 눈치챘기 때문이다.

　그때였다.

　십만 대군세의 거대한 위용을 확인한 후 신형을 돌려세우려던 악영인이 이를 악물었다.

　쫘악!

　그리고 수중의 장창에 잔뜩 들어간 힘!

　'어, 어떻게 이런 일이!'

　악영인은 장창을 미동조차 하지 못한 채 내심 경악했다. 그녀가 신형을 돌린 바로 그때 갑자기 정체불명의 무형지기가 날아들었다. 멀리 보이는 십만 대군세에 잠시 정신이 팔린 사이 상상치도 못한 방법으로 허점을 찔려 버린 것이다.

그럼 이제 어찌해야 할까?

악영인은 미동조차 하지 못한 상태에서 전신 내력을 총동원해 기감을 일으켰다. 그렇게 자신에게 무형지기의 그물을 펼친 미지의 적과의 거리와 방향을 파악하고자 했다.

그러나 다음 순간!

스윽!

악영인은 생각지도 못했던 상대와 조우하고 말았다. 느닷없이 그녀의 머리 위에서 한 명의 전포 무인이 떨어져 내렸다. 그녀의 어깨 위로 말이다.

움찔!

악영인이 경련했다. 자신의 어깨 위에 느닷없이 내려앉은 전포 무인의 등장에 일시 어찌할 바를 모르게 되었다. 그냥 신체가 대경실색한 머릿속에 맞춰서 반응을 보였을 뿐이었다.

하지만 그것도 잠시뿐.

"웃기지 마라!"

악영인이 버럭 소리 지르며 수중의 장창을 머리 위로 크게 휘둘렀다.

참마광륜격!

순간적으로 오감차단신창격을 발동시켜서 마음속의 동요를 억제한 그녀의 참마광륜격이 거대한 창륜을 만들어냈다. 손끝으로부터 시작된 작은 원이 연속적으로 확장되어 창의 극에 이르러 거대한 창륜의 고리를 연속적으로 만들어낸 것이다.

그 위력은 창강에 버금갈 정도!

그러자 이에 맞춰 악영인의 어깨 위에서 전포 무인이 움직임을 보였다.

슥!

가볍게 신형을 위로 띄워 올린 전포 무인의 신형은 어느새 악영인의 장창 위로 옮겨져 있었다. 순간적으로 그녀가 만들어낸 참마광륜격의 창륜으로 신형을 이동한 것이다. 그리고 한차례의 발차기!

퍽!

"악!"

악영인이 외마디 비명과 함께 장창을 놓았다. 전포 무인의 발끝에 걷어차인 반신이 극심한 통증과 함께 단숨에 마비되었다. 무수히 많은 전장에서도 단 한 번도 놓은 적이 없던 장창을 그녀의 손에서 떠나가게 만들었다.

터억!

그리고 다시 전포 무인이 장저를 날리자 악영인의 신형이 공중으로 부웅 떠올랐다. 그의 장저에 턱 아래쪽을 무방비 상태로 얻어맞았다. 어떠한 방어 동작도 없이 말이다.

털썩!

그녀가 바닥에 떨어져 내렸다. 이 초식이 되지 않아 완벽하게 제압당해 버린 것이다.

악영인 일생 최악의 굴욕!

그녀가 무림에 나온 후 맞이한 초유의 패배였다.

슉!

그렇게 대 자로 뻗어버린 악영인 앞에 전포 무인이 신형을 낮춰서 쭈그려 앉았다. 그리고 얼굴을 그녀 쪽으로 들이밀자 비로소 진면목을 알아볼 수 있었다.

"조… 준……?"

평범한 전포 모양으로 변한 마신흉갑을 걸친 조준이 무표정한 표정으로 고개를 끄덕여 보였다.

"악영인이로군."

"저, 정말 조준이구나! 네가 어떻게……?"

"마검협 대신 마중을 나온 것이냐?"

"……"

"그는 어디에 있지?"

여전히 표정의 변화가 없는 조준의 질문에 악영인이 고개를 옆으로 돌렸다. 눈앞의 조준은 이미 자신이 알던 사람이 아니란 걸 깨달았기 때문이다.

조준이 고개를 끄덕여 보였다.

"대답을 하지 않으려는 것이군."

"……"

"그럼 다른 자에게서 대답을 들을 수밖에."

"아!"

조준이 쭈그려 앉은 자세를 펴고 일어선 순간 악영인이 가볍게 탄성을 발했다.

그녀의 몸은 어느새 공중으로 부웅 떠오르고 있었다. 마치 어떤 보이지 않는 초월적인 힘에 단단하게 포박당한 것처럼 말이다.

그 후 조준이 상천태허궁 쪽으로 움직이자 공중에 떠오른 악영인이 마치 그에게 종속된 것처럼 딸려갔다.

중간에 최선을 다해서 저항하려 했으나 소용없었다. 조준의 장저에 얻어맞은 직후부터 마비된 건 단지 육체뿐만이 아니라 그녀의 생체 기능 그 자체였던 것이다.

그러자 종남산 밑에서 대기하고 있던 혈사대가 대주 악영인을 구하기 위해 달려들었다. 기마병단 특유의 몰아치기를 통해서 혼자서 종남산에 난입한 조준을 포위 공격하고 악영인을 구출하려 했다.

우두두두두!

우두두두두!

순식간에 세 갈래로 나뉘어서 공격해 들어오는 혈사대! 그 위풍당당한 모습을 보고 악영인이 내심 소리 질렀다.

'이놈들아, 물러나! 이놈은 사람이 아니야! 너희들이 상대할 수 있는 사람이 아니란 말이야!'

그러나 악영인은 성대 역시 마비된 상태였고, 혈사대는 어떠한 전장에서도 자신들의 우상인 대주를 버리고 물러날 자들이 아니었다.

슉!

자신을 향해 몰려오는 혈사대를 향해 조준이 손을 들어 올렸다.

파지지지직!

그의 손끝을 중심으로 일어난 혈뢰강기!

의념을 깨달아 초월경에 들어선 이현조차 경악하게 만들었던 그 놀라운 마신지력이 수백 개의 벼락이 되어 혈사대에게 몰려갔다.

그리고 대파멸!

'안 돼!'

악영인은 내심 소리 지르며 눈을 감았다. 자신의 혈육 같은 전우들의 허무한 몰살 앞에 어떠한 것도 할 수 없는 무력감이 그녀를 그렇게 만들었다.

<br>

\*　　　　　　\*　　　　　　\*

<br>

종남파의 본궁으로 향하는 종남산의 주요 거점 이곳저곳에서 연달아 봉화가 올랐다.

상천태허궁에선 그에 따라 연달아 타종음이 빗발쳤는데, 곧 문내로 원청진인과 팔대장로를 중심으로 백여 명의 종남파 문도들이 집결했다.

하나같이 이대제자 이상 되는 자들로 지난 한 달간 신마맹과의 결사항전을 위해 몇 개나 되는 대검진을 연마한 상태였다.

마찬가지로 북궁세가의 정예 역시 북궁창성을 중심으로 세 개의 대삼첨양인진을 펼치고 있었다. 북궁세가를 대표하는 절진인 삼첨양인진을 수십 명 단위로 펼쳐서 적의 대병에 효율적으로 대비할 수 있게 변형시킨 것이다.

반면 또 다른 전력의 한 축인 혈사대 병력은 상천태허궁에서 전혀 보이지 않았다. 기마병이 중심인 혈사대를 험악한 종남산의 깊은 곳에 위치한 상천태허궁에서 운용하기 힘든 탓에 악영인의 지휘하에 거의 대부분 산 아래 진을 치고 있었다. 악영인의 부장을 맡고 있는 연서인만이 상천태허궁에 남아서 연락책을 수행하고 있을 뿐이었다.

원청진인과 함께 상천태허궁 방어에 대한 의견을 나누고 있던 북궁창성을 향해 연서인이 빠른 걸음으로 다가왔다. 항상 상쾌하던 그녀의 얼굴은 왠지 크게 어두웠다. 평소 같지 않은 당황감이 얼굴에 짙게 머물러 있었다.

"연 소저……?"

"북궁 공자님, 혈사대 쪽에서 사람이 왔습니다."

"악 대주입니까?"

"그게 아니라……."

잠시 머뭇거리던 연서인이 아랫입술을 살짝 깨물며 말을 이었다.

"…악 대주님은 현재 포로가 된 것 같습니다."

"그게 무슨!"

놀라 소리친 북궁창성이 얼른 표정을 수습하고 연서인을 재촉했다.

"어찌 된 일입니까?"

"저도 거기까진 잘 모르겠지만 홀로 적의 정황을 탐문하러 갔다가 포로가 되었다고 합니다. 그래서 혈사대가 악 대주님을 구출하러 나섰다곤 하는데 산 밑에서 연이어 봉화가 오르는 정황을 보아하니……."

"혈사대의 구출 작전이 실패로 돌아갔다고 봐야겠군요?"

"…그런 것 같아요. 그러니 이젠 어떻게 할까요?"

"으음!"

북궁창성이 나직하게 신음을 흘릴 때였다.

그의 곁에서 문하 제자들이 펼치고 있는 대검진을 지켜보고 있던 원청진인이 대경하여 도호를 외쳤다.

"무량수불! 모두 조심하라! 적이 나타났다!"

"……!"

북궁창성이 놀라서 대검진 쪽으로 고개를 돌렸다. 그러자 순식간에 벌어진 대참상!

번쩍! 쾅!

갑자기 상천태허궁의 대문이 박살 나더니, 한줄기 붉은색 벼락이 중앙을 지키던 종남파의 대검진을 직격했다.

느닷없는 기습!

순식간에 중앙의 대검진이 박살 났다. 팔장로 중 2명이 붉은색 벼락의 직격을 막아내다 온몸이 박살 났고, 그들을 따르던 수십 명의 제자들 중 상당수가 죽거나 극심한 부상을 당해 나뒹굴었다.

단 한차례의 벼락!

그것만으로 종남파가 전력을 다해 만들어낸 대검진의 한 축이 박살 나버리고 만 것이다.

슥!

그리고 박살 난 대문을 통해 모습을 드러낸 조준.

그의 등장에 다른 대검진을 지휘하고 있던 육장로 중 한 명인 청천백일검 원광도장이 검신합일을 한 채 파고들었다. 평생을 함께해 온 사형제의 죽음에 분노를 참을 수 없었기 때문이다.

"갈!"

"원광 사제!"

원청진인이 놀라서 역시 신형을 날려갔다. 팔장로 중 종남파에서 가장 중요한 인물이 원광도장이었다. 그가 앞서의 두 장로처럼 죽음을 당하게 할 수는 없었다.

그러나 바로 그때!

번쩍! 번쩍!

상천태허궁에 발을 들여놓은 조준이 혈뢰강기를 일으켜서 원광도장과 원청진인을 동시에 공격했다. 그에게서 분리된 두 가닥의 붉은색 뇌전이 쏜살같이 두 노도(老道)를 직격해 간 것이다.

"크헉!"

"으헉!"

원청진인과 원광도장이 동시에 신음을 토하며 뒤로 밀려났다. 특히 원광도장은 꽤 큰 부상을 당한 듯 온몸이 검게 그을려 있었다. 앞서 단 일격의 혈뢰강기에 목숨을 잃은 두 장로에 비하면 양호하나 다시 조준에게 공격을 가할 순 없을 듯했다.

스스슥!

그때 북궁창성이 움직였다.


유성삼전도!


서패 북궁세가를 대표하는 최상승의 보신경으로 신형을 분산시킨 그에게서 세 가닥 유성이 빛을 발했다. 극치에 이른 소천신공을 담은 쇄금비로 조준을 공격한 것이다. 그리고 어느새 뽑혀진 북궁휘의 장도!

창파도법! 일도천폭!

전대 천하제일도였던 북궁휘로부터 개정대법을 통해 물려받은 강대한 내력을 북궁휘는 이번에 모조리 개방시켰다. 한눈에 현재의 조준이 상상을 초월하는 괴물임을 직감했기 때문이다. 단 한차례의 공격 외에는 아예 기회를 잡을 수 없을 정도로 말이다.

그리고 북궁창성의 예상은 옳았다.

번쩍!

순간 조준에게서 떨어져 나온 혈뢰강기가 수십 가닥으로 분화되더니, 그물처럼 변해 북궁휘를 에워쌌다. 그가 펼친 쇄금비와 일도천폭을 포함한 모든 것을 혈뢰강기의 그물이 포획해 버린 것이다.

"크아악!"

북궁창성이 비명을 터뜨렸다. 조준의 혈뢰강기가 만들어낸 천라지망에 온몸이 꽁꽁 묶여 버렸다. 순식간에 모든 힘을 잃어버리고 악영인처럼 포획당해 버리고 말았다.

그러자 경악에 찬 표정으로 움직이기 시작한 북궁세가의 정예들!

그들에 발맞춰 종남파의 대검진 역시 움직였다.

조준!

단 한 사람을 중심으로 종남파와 북궁세가의 수백 명에 달하는 고수들이 포위해 들어간 것이다. 얼굴에 극심한 공포의 감정을 담고서.

조준이 악영인처럼 북궁창성 역시 자신의 주변에 둥둥 띄워놓은 채 주변을 둘러봤다. 그가 찾는 사람은 여전히 모습을 드러내지 않고 있다. 마검협 이현 말이다.

결국 그의 시선이 힘겹게 검을 든 채 서 있는 원청진인에게 향했다.

"마검협 이현은 어딨지? 종남파가 자랑하는 천재 검객 말이야!"

"……."

"말하지 않겠다? 뭐, 좋아. 이 자리에 모인 자들을 모조리 죽인 후에 다시 물어보면 되니까 말이야."

"그……."

"오호? 그건 싫은 모양이지?"

"…막내 사제의 행방에 대해서 말한다면 이 끔찍한 살육을 그만둬 주겠는가?"

"물론. 나는 처음부터 마검협 이현을 제외한 종남파에는 전혀 관심이 없었으니까."

"……."

원청진인이 참담한 표정으로 휘하 제자들을 돌아봤다. 살아 있는 여섯 장로의 얼굴에는 공포가 가득했고, 다른 제자들 역시 덜덜 몸을 떨고 있었다.

조준의 강대한 무공 때문?

아니다.

그보다 더 근원적인 부분이 존재했다. 조준이란 인간 이면으로부터 느껴지는 인간을 초월한 어떤 것이 평생 무공을 수련한 고수들을 공포에 전염시킨 것이다.

"막내 사제는 지금 본파의 조사동에 있소이다."

"안내해 주겠어?"

"그건……."

원청진인이 다시 입을 떼었을 때였다. 북궁세가 정예와 행동을 함께하고 있던 연서인이 버럭 소리 질렀다.

"이 비겁한 개자식아! 이 공자님은 너희들을 위해서 폐관수련에 들어갔는데, 그사이를 못 참고 배반을 하다니!"

"……."

원청진인의 얼굴이 시커멓게 변했다. 자신의 손녀뻘밖에 되지 않는 연서인에게 욕설을 듣고도 한마디 변명조차 할 수 없었기 때문이다.

그러자 다른 종남파 문도들이 연달아 소리 질렀다.

"장문인! 우리는 종남파입니다!"

"오늘 죽는다 해도 절대 종남파 무인의 절개를 저버릴 수 없습니다!"

"장문인! 종남파를 포기하지 마십시오!"

종남파 제자들의 얼굴에서 공포심이 사라졌다. 원청진인의 비굴함과 연서인의 욕설이 만들어낸 일종의 기적!

조준이 피식 웃었다.

"결국 피를 봐야 하겠다는 거로군."

번쩍!

그가 손을 휘저은 순간 원청진인이 혈뢰강기에 얻어맞고 목숨을 잃었다. 그리고 다시 일으킨 또 한줄기 혈뢰강기의 목표는 다름 아닌 연서인이었다. 상천태허궁의 분위기를 완전히 바꿔 버린 그녀를 죽인 후에 다시 협박하려는 의도였다.

번쩍!

그러나 갑자기 하늘로 튕겨져 날아가는 혈뢰강기!

"아!"

혈뢰강기의 직격을 보고 눈을 질끈 감았던 연서인이 활짝 웃어 보였다. 어느새 그녀의 앞을 단단하게 가로막고 서 있는 이현을 본 것이다.

그런데 이현의 허리를 안아가던 연서인이 깜짝 놀란 표정이 되었다. 그녀의 손이 이현의 허리를 그냥 지나쳐 가고 있었다. 마치 실체가 없는 허깨비인 것처럼 말이다.

이게 어떻게 된 일일까?

조준은 바로 알아챘다.

"급했군. 영체로 내 앞에 나타나다니 말이야. 어디로 가면 되지?"

"정상."

"그렇군."

조준의 대답과 함께 허공에 띄워놓고 있던 악영인과 북궁창성의 포박을 풀었다.

털썩! 털썩!

그렇게 두 사람이 바닥에 떨어진 것과 동시였다.

슉!

종남산에 나타날 때처럼 조준이 천공으로 신형을 띄워 올렸다.

목표는 종남산의 정상인 주남봉(周南峰)!

한때는 종남산의 이름 그 자체로 불리기도 했던 주봉이었다.


          *          *          *


스르륵!

이현은 주남봉의 바위 위에 앉아서 청명보검을 어루만지다가 하늘에서 떨어져 내리는 조준을 바라봤다.

함양성에서 헤어진 후 얼마 만일까?

이현이 변한 만큼 조준 역시 그때와는 달라 보인다. 마신흉갑을 걸치고 마신의 매개체가 되어 날뛸 때보다 훨씬 기운이 내부 깊숙이 갈무리되었음을 알 수 있었다.

'즉, 더 강해졌다고 봐야 하려나?'

이현이 조준을 눈으로 살피다가 천천히 바위에서 뛰어내렸다.

슉!

조준이 말했다.

"의념이 더욱 공고해졌군. 종남의 검은 완성한 것인가?"

"전혀."

"……."

"종남의 검은 너무 광대해서 일조일석(一朝一夕)에 이룰 수 있는 게 아니거든."

"그럼 오늘 내 손에 죽겠군."

"그건 다른 문제지."

"어떻게 다르다는 거지?"

"이런 거?"

이현이 청명보검을 가볍게 휘둘렀다. 그러자 재빨리 신형을 뒤로 물리는 조준.

그의 무표정하던 얼굴에 처음으로 감정 비슷한 것이 떠올랐다.

"방금 전의 그 검초. 이름이 뭐지?"

"안 가르쳐 줘. 네놈은 역시 조준이 아니니까."

"내가 조준이 아니다? 그럼 내가 뭐라고 생각하는 거지?"

"마신!"

이현이 차갑게 소리치고 청명보검을 치켜 올렸다.

우우우우웅!

검이 운다.

그날.

이현이 부친 이정명과 재회한 후 심마에 빠졌던 그날 밤처럼 청명보검은 검신을 가늘게 떨면서 울어 보였다. 마치 그러기 위해 세상에 나온 것처럼 서늘한 검광을 아지랑이처럼 피워 올리며 흐느꼈다.

그러나 거기엔 요사스러움이 없다.

신령함!

이 세상의 것이 아닌 것 같은 기운이 한껏 일어나고 있었다. 이현 자신과 청명보검 그 자체.

그 둘이 하나가 되어 그 같은 변화를 보였다.

그리고 그 같은 변화와 함께였다.

스윽!

이현이 청명보검과 하나가 된 채 조준. 아니, 고대마교의 탄생과 함께 영속해 온 대막의 마신을 향해 다가들었다.

그러자 그에 맞춰 일어난 수백 개의 혈뢰강기!

수만 명의 대병이라 해도 일거에 죽일 수 있는 거대한 대자연의 분노를 마신은 일으켰다. 그렇게 자신의 간격 안으로 느닷없이 뛰어들어 온 인간에게 징벌을 내리고자 했다.

그러나 그 순간 이현은 검기(劍技)를 변화시켰다.

어쩌면 단순한 변화!

다만 그 속에 담긴 건 풍천진인이 죽음으로 일깨워 준 종남지검의 진수 그 자체였다.


천하삼십육검! 천하제탄!


바로 운검진인이 이뤘던 초월경의 극치, 천지교태의 경지에 이현은 첫 발을 내딛은 것이다.

서걱!

이현의 청명보검이 수백 개의 혈뢰강기를 가르고 다시 조준의 상반신을 갈랐다. 정확하게 사선을 이루며 두 토막으로 잘라 버렸다.

단 한순간!

단 한차례!

그것만으로 마신을 이기려다 오히려 마신, 그 자체가 된 조준을 이긴 것이다.

털썩!

마신이 쓰러졌다.

조준이 쓰러졌다.

그리고 이현은 그곳에 털썩 주저앉았다.

이 한차례의 천하제탄과 천지교태에 자신의 모든 의념을 모조리 쏟아 넣었다.

기력이 빠져서 몸을 움직일 힘조차 남아 있지 않았다.

그때 조준의 입에서 나직한 목소리가 흘러나왔다.

"목연 소저……."

이현이 조준을 돌아봤다.

"…가 만들어준 야참. 맛있었다."

"조준?"

"……"

조준은 대답하지 않았다.

그에게 있어 가장 즐거웠던 한때.

숭인학관에서 이현, 북궁창성, 악영인, 목연 등과 모여 와자지껄 떠들면서 야참을 먹던 그날을 떠올리며 그는 허무로 귀일하고만 것이다.

\*       \*       \*

북경.

대막마신과의 종남산 결전 이후 다시 숭인학관으로 돌아가 삼 년의 수학을 쌓은 끝에 대과 초시를 보러 상경한 이현의 얼굴에는 만감이 교차하고 있었다.

어느새 그의 나이 삼십 대 후반!

화산파의 봉문과 운검진인의 실종으로 인해 그는 은연중 당대의 천하제일검이자 천하제일고수로 추앙받고 있었다.

구마련과 대종교의 난을 제압한 후 천하제일인이 된 운검진인과 비교해도 결코 뒤떨어지지 않는 대업적이라 할 만했다.

하지만 이현은 지난 삼 년간 무림인으로서의 삶을 접고 숭인학관에서 절치부심 공부에 매진했다. 어린 시절부터 목표로 했던 무의 천하제일인이 되었으니 이젠 부친 이정명과의 약속을 지킬 때가 되었다는 판단이었다.

그러는 사이 북경에서 시작되어 강남 전역으로 확대되었던 반황제파의 반란도 끝이 나 삼 년간 미뤄졌던 대과가 다시 진행되게 되었다. 드디어 이현이 부친 이정명과의 약속을 지킬 때가 돌아온 것이다.

북경성에 도착한 후 잠시 발걸음을 멈추고 감상에 젖어 있는 이현에게 악영인이 달려왔다.

그녀 역시 지난 삼 년간 숭인학관에서 동문수학을 했기에 이번에도 함께 시험을 보러 왔다.

여전히 무산이란 이름을 사용하면서 말이다.

"무산아, 왜 그렇게 급하게 뛰어오는 것이냐?"

"형님! 큰일 났습니다! 큰일 났어요!"

"무슨 일인데?"

"주목란 군주가 이번 대과 초시의 시험관이랍니다!"

"뭐? 주목란 군주가 왜 시험관 따위를 하는데?"

"그거야 저도 모르죠. 어쩌면 작년에 형님이 숭인학관에 찾아온 주 군주님을 공부한다고 박대해서가 아닐까요?"

"내게 복수를 하려고 시험관을 한다는 것이냐?"

"아니면 다른 이유가 없잖아요."

"그보다 너, 왠지 익숙한 사람들을 잔뜩 데리고 온 것 같은데?"

"예?"

악영인이 놀라서 뒤를 돌아봤을 때였다. 어느새 북경성 안에서 이현의 말마따나 익숙한 얼굴의 사람들이 잔뜩 모습을 드러냈다.

금의위 대영반이 된 주목란 군주!

금의위 특임 부대 대주가 된 연서인!

강동으로 돌아가 한동안 소식이 끊겼던 모용조경!

그리고 숭인학관의 글 선생이자 이현의 아내가 된 목연……

네 명의 여인이 이현과 악영인을 바라보며 미소 짓고 있었다. 마치 두 사람이 오기를 꽤나 오래전부터 기다리고 있었던 것처럼 말이다.

"형님, 왠지 소름이 돋는 게 이상한데요?"

"너가 왜 소름이 돋냐? 그런 게 돋으려면 내가 돋아야지."

"형님도 겁나는 게 있긴 있나 봅니다?"

"당연하지! 나는 세상에서 아내가 제일 무섭다. 특히 이런 상황에서는 말이야."

'그 아내 자리, 저도 갖고 싶습니다만?'

악영인이 내심 입술을 쑥 내밀어 보이고 이현의 어깨에 냉큼 팔을 둘렀다.

"기왕지사 이렇게 됐으니, 북경에 들어가는 거 하루 미루고 오늘은 밤새 술이나 달리는 게 어떨까요?"

"그럴까?"

"예!"

악영인이 방긋 웃으며 있는 힘껏 대답하자 이현이 역시 웃어보이다 움찔 놀란 표정이 되었다.

멀리서도 보인다.

알 수 있다.

세 여인과 함께 먼저 북경에 와서 기다리고 있었던 아내 목연에게서 흘러나오고 있는 진한 살기가 말이다.

'쩝! 북경에서 또 한차례 대난이 일어나겠구만! 이 꽃 피는 봄날에 이게 무슨 고생인지······.'

내심 입맛을 다신 이현이 악영인이 두른 팔을 슬그머니 내리고 북경성을 향해 걸어가기 시작했다.

더 이상 아내를 화나게 하는 건 결코 좋은 선택이 되지 않을 거란 걸 알고 있었기 때문이다.

"형님! 같이 가요! 같이 가!"

악영인이 소리 지르며 이현의 뒤를 따랐다.

봄날.

바람은 살랑되고 꽃은 활짝 폈다. 그러나 대과를 앞둔 이현에 겐 아직 봄날은 이른 듯하다. 북경성 앞에서 손을 흔들어 보이고 있는 네 명의 여인처럼 말이다.

『만학검전(晚學劍展)』 완결